따라 쓰는 즐거움 02

# 피터 팬 필사집

*Peter Pan*

# 목차

# 피터 팬

## 01
# 피터가 나타나다

　세상 모든 어린이는 어른으로 자란다. 단 한 명만 제외하고. 아이들은 자기가 어른이 된다는 사실을 금방 알아차린다. 이건 웬디도 마찬가지였다. 웬디가 두 살이었던 어느 날, 정원에서 놀다가 꽃 한 송이를 꺾어서 엄마에게 달려갔다. 그 모습은 참 사랑스러웠을 것이다. 웬디의 어머니인 달링 부인은 가슴에 손을 얹고 탄식했다.

　"아, 지금 이대로 영원하다면 얼마나 좋겠니!"

　둘 사이에 오간 말은 이뿐이었지만, 웬디는 자기가 자라서 어른이 된다는 사실을 깨달았다. 누구든 두 살이 지나면 알게 마련이다. 두 살은 어린 시절이 끝나기 시작하는 나이기 때문이다.

　웬디네 가족은 14번지에 살았다. 웬디가 태어나기 전까지는 달링 부인이 집안의 주인공이었다. 달링 부인은 마음이 낭만적이며 입가에 새침한 미소가 어린 아리따운 여인이었다.

　부인의 낭만적인 마음은 미지의 동양에서 온 작은 상자와 같았다.

상자 안에 또 상자가 들어 있어서, 상자를 아무리 많이 꺼내더라도 그 안에는 언제나 상자가 하나 더 있었다. 부인은 새침한 미소가 어린 입가에 키스를 하나 머금고 있었다. 오른쪽 입꼬리에 보란 듯이 하나를 머금고 있었지만, 웬디는 결코 키스를 받을 수 없었다.

달링 씨는 어떻게 달링 부인을 아내로 맞았을까? 달링 부인이 아가씨였을 때, 수많은 청년 신사들이 그녀를 사랑한다며 그녀의 집으로 청혼하러 달려갔다. 하지만 달링 씨는 청년들과 다르게 마차를 잡아타고 가장 먼저 그녀의 집으로 뛰어들어서 달링 부인을 차지했다. 그렇게 달링 씨는 전부를 얻었지만, 달링 부인의 마음속 가장 깊은 곳에 숨은 상자와 입가의 키스만은 가질 수 없었다. 숨은 상자는 존재조차 몰랐고, 키스를 얻는 일은 결국 포기했다. 웬디는 나폴레옹이라면 어머니의 키스를 얻을 수 있겠다고 생각했지만, 나폴레옹조차 그 키스를 얻으려고 하다가 벌컥 역정을 내며 뛰쳐나와서 문을 쾅 닫았을 것이다.

달링 씨는 웬디에게 엄마가 아빠를 사랑할 뿐만 아니라 존경한다고 자랑하곤 했다. 그는 증권과 주식에 관해 깊이 아는 사람이었다. 물론 증권과 주식을 정말로 아는 사람은 아무도 없지만, 그는 꽤 잘 아는 것 같았다. 증권값이 올랐다거나 주식값이 내렸다는 말을 자주 했는데, 그런 모습을 보면 어떤 여자라도 존경심이 샘솟을 수밖에 없었다.

달링 부인은 하얀 드레스를 입고 결혼했다. 결혼 후 처음에는 가계부를 완벽하게 관리했다. 마치 놀이라도 하듯 즐겁게 가계부를 쓰며 방울양배추조차도 빼놓지 않았지만, 시간이 갈수록 부인의 가계부에는 꽃양배추마저 통째로 사라졌다. 그 대신 얼굴 없는 아기 그림이 등장했다. 부인은 합계를 내야 할 때마다 아기 그림을 그렸다. 그건 달링 부인의 예감이었다.

그러더니 웬디와 존, 마이클이 차례로 태어났다.

웬디가 태어난 후 한두 주 정도 달링 부부는 과연 아이를 키울 수 있을지 의심했다. 먹여 살릴 입이 하나 더 늘었기 때문이었다. 달링 씨는 자식이 태어나서 몹시 자랑스러웠지만 체면을 구길 수 없었기 때문에, 애원하듯 바라보는 부인의 손을 잡은 채 침대 끄트머리에 앉아서 생활비를 계산했다. 부인은 앞으로 무슨 일이 생기든 부딪쳐 보고 싶었지만, 달링 씨의 방식은 달랐다. 그는 연필과 종이를 집어 들고 신중하게 계산하는 사람이었다. 아내가 참견해서 계산을 헷갈리게 한다면 처음부터 다시 시작해야 했다.

"이제 방해하지 말아요. 지금 나에게 1파운드 17실링이 있어요. 사무실에는 2실링 6펜스가 있고요. 내가 사무실에서 커피를 안 마시면 10실링을 아낄 수 있으니까 모두 다 더하면 2파운드 9실링 6펜스가 되겠지.

여기에 당신이 가진 돈 18실링 3펜스를 합하면 3파운드 9실링 7펜스가 될 거예요. 수표장에 5파운드가 있으니까 더하면 8파운드 9실링 7펜스가 되겠군. 꿈지락거리는 게 누구지? 8파운드 9실링 7펜스에 점 찍고 7을 옮기고. 쉿, 말 걸지 말아요. 저번에 집에 왔던 남자에게 빌려준 1파운드까지 더하고. 아가야, 조용히 하렴. 또 점을 찍고, 아기를 좀 치워 봐요. 이런, 기어이 사고를 쳤네! 내가 9파운드 9실링 7펜스라고 했던가? 그래요, 9파운드 9실링 7펜스. 그러면 우리가 이 돈으로 일 년을 버틸수 있을까요?"

"물론이죠. 할 수 있어요, 여보."

달링 부인이 큰 소리로 대답했다. 부인은 어떻게든 웬디를 감싸고 돌았지만, 둘 중에서 위엄 있게 결정을 내리는 사람은 달링 씨였다.

"볼거리도 생각해야 해요."

그는 거의 위협하듯 부인에게 경고한 뒤 다시 계산에 빠져들었다.

"볼거리는 1파운드. 물론 내 짐작이지만, 볼거리에 걸리면 못해도 30실링은 들 거예요. 조용히 좀 해 줘요. 홍역은 1파운드 5실링, 독일 홍역은 10실링 6펜스가 들 테니 전부 합치면 2파운드 15실링 6펜스겠군. 손가락 좀 흔들지 말아요. 백일해는 15실링이 들겠지."

달링 씨는 계산을 계속했는데, 금액을 더할 때마다 다른 값이 나왔다.

하지만 볼거리에 드는 비용을 12실링 6펜스로 줄이고, 홍역 두 종류를 하나로 합쳐서 계산한 끝에 웬디를 키우기로 했다.

둘째 존이 태어났을 때도 부부는 똑같이 소동을 벌였고, 심지어 막내 마이클은 가까스로 양육 결정을 통과했다. 어쨌거나 달링 부부는 두 아들을 모두 키우기로 했다. 곧 웬디와 존, 마이클은 보모와 함께 한 줄로 서서 풀섬 양의 유치원에 다녔다.

달링 부인은 뭐든지 정돈되어야 직성이 풀렸고, 달링 씨는 뭐든지 이웃을 똑같이 따라 해야 하는 성격이었다. 그래서 두 사람은 당연히 보모를 두었다. 하지만 세 아이의 우윳값을 대느라 살림 재정이 빠듯했기에 '나나'라고 이름을 붙인 얌전한 뉴펀들랜드종 개를 보모로 들였다. 달링 부부가 데려오기 전까지는 주인도 없던 떠돌이 개였다. 나나는 떠돌던 시절에도 늘 아이들을 소중하게 여겼고, 달링 가족을 만난 켄싱턴 공원에서 유모차를 훔쳐보며 시간을 보냈다. 아이를 돌보는 데 게을렀던 보모들은 나나를 몹시 싫어했다. 나나가 집까지 따라와서 여주인에게 전부 일러바쳤기 때문이었다.

보모가 된 나나는 달링 가족에게 없어서는 안 될 존재였다. 나나는 아이들의 목욕 시간에도 빈틈을 보이지 않았고, 한밤중에 아이가 조금이라도 칭얼대면 언제든 벌떡 일어났다.

당연히 나나가 자는 개집은 아이들 방에 있었다. 나나는 아이들 기침 소리만 듣고도 치료를 받아야 하는지, 아니면 목에 수건만 둘러 줘도 되는지를 기가 막히게 알았다. 대황 잎사귀 같은 민간요법은 철석같이 믿었지만, 누가 세균이니 뭐니 하며 최신 의학 발견을 입에 올리면 코웃음을 쳤다.

나나는 아이들을 학교에 데려갈 때도 예의범절에 어찌나 철저하게 신경 썼던지, 아이들이 얌전하게 굴면 곁에서 침착하게 걸어갔지만 아이들이 길에서 벗어날라치면 머리로 툭툭 들이받아서 제자리로 밀어 넣었다. 존이 축구를 하는 날이면 잊지 않고 스웨터를 챙겼고, 혹시 비가 내릴 때를 대비해서 입에 우산을 물고 다녔다.

풀섬 양의 유치원 지하에는 보모가 기다리는 대기실이 있었다. 다른 보모는 긴 의자에 앉았지만, 나나는 바닥에 엎드렸다. 다른 점은 그뿐이었다. 다른 보모들은 나나가 사회적으로 열등한 존재인 것처럼 업신여겼고, 나나는 보모들의 경박한 수다를 얕잡아 보았다. 나나는 달링 부인의 친구들이 아이 방을 구경하러 오는 걸 몹시 싫어했다. 그래도 누가 찾아오면 우선 마이클의 턱받이를 벗기고 파란 끈이 달린 새 턱받이를 둘러 주었다. 또 웬디의 옷매무새도 매끈하게 다듬어 주고, 존에게 얼른 달려들어서 머리카락을 매만져 주었다.

나나보다 착실하게 아이를 돌보는 보모는 없었고, 달링 씨도 이 점을 잘 알았다. 하지만 그는 이웃에서 흠을 잡을까 봐 불안에 떨었다.

달링 씨는 동네에서 체면을 생각해야 했다.

달링 씨가 나나를 탐탁지 않게 여기는 데에는 이유가 하나 더 있었다. 그는 때때로 나나가 자기를 존경하지 않는다는 느낌이 든다는 것이었다.

"나나가 당신을 얼마나 존경하는데요, 여보."

달링 부인은 남편을 안심시키면서 아이들에게 특별히 애교를 떨라고 눈짓했다. 그러면 아이들은 귀엽게 춤췄고, 가끔은 유일한 하녀인 리자도 끼어들곤 했다. 리자는 이 집에 처음 들어올 때 틀림없이 열 살이 넘었다고 맹세했지만, 기다란 치맛자락을 질질 끌고 가정부 모자를 쓴 모습을 보면 영락없이 꼬마였다. 이처럼 집 안에 야단법석이 벌어지면 온 가족이 어찌나 흥겨워하던지! 이 중 가장 신난 사람은 달링 부인이었다. 한 발로 팽이처럼 빙그르르 도는데, 너무 빨라서 입가의 키스만 보일 뿐이었다. 이때 부인에게 달려든다면 키스를 받을 수 있을 것만 같았다.

달링 가족은 더할 나위 없이 천진난만하고 행복하게 지냈다.

'피터 팬'이 나타나기 전까지는.

달링 부인은 아이들의 머릿속을 깔끔하게 정리하던 중 처음으로 피터 팬에 관해 알게 됐다. 좋은 엄마라면 누구나 아이들이 잠든 밤에 아이의 머릿속을 뒤져서 낮 동안 엉망으로 어질러진 생각을 제자리에 두며 다음 날 아침을 위해 정돈한다. 여러분도 만약 밤에 깨어 있다면, 어머니가 여러분의 머릿속을 정리하는 모습을 흥미진진하게 구경할 수 있으리라.

이 일은 서랍 정리와 매우 비슷하다. 어머니는 무릎을 꿇고 앉아서 여러분이 대체 어디서 이런 생각을 주워 왔는지 궁금해하며 찬찬히 머릿속을 살펴볼 것이다. 그런 다음 착한 생각은 새끼 고양이인 양 뺨에 비비고, 나쁜 생각은 안 보이게 다급히 치울 것이다. 여러분이 아침에 깨어나면, 꿈나라까지 가져갔던 짓궂은 장난과 못된 욕심은 작게 접힌 채 마음속 밑바닥에 놓여 있을 것이다. 그리고 그 위에는 더 예쁜 생각이 곱게 펼쳐진 채 여러분을 기다리고 있을 테다.

여러분은 사람의 머릿속 지도를 본 적이 있는지 모르겠다. 의사는 가끔 사람의 다른 신체 부위를 지도로 그리는데, 그런 지도도 몹시 흥미로울 것이다. 하지만 뒤죽박죽 혼란스러울 뿐만 아니라 끊임없이 돌아가는 아이의 머릿속을 지도로 그리려고 애쓰는 의사의 모습을 찾아보라. 아이의 머릿속 지도에는 카드에 기록한 체온처럼 선이 지그재그로

그려져 있는데, 아마 이건 섬에 나 있는 길일 것이다. 어쨌거나 네버랜드는 섬이니까.

섬 곳곳에서 색색의 물보라가 일고, 산호초가 펼쳐진 앞바다에 날렵한 배가 떠 있다. 네버랜드에는 원주민과 짐승의 외딴 은신처, 옷감을 재단하는 땅속 요정, 강물이 흐르는 동굴, 형이 여섯 명 있는 왕자, 당장에라도 무너질 듯한 오두막이 있으며, 등이 굽은 매부리코 노파 한 명도 빼놓을 수 없다. 이뿐이라면 지도를 그리기 쉽겠지만, 아이들 머릿속에는 학교에 처음 간 날, 종교, 아버지, 둥그런 연못, 바느질, 살인, 교수형, 여격 동사, 초콜릿 푸딩이 나오는 날, 멜빵바지 입기, 숫자 99까지 세기, 스스로 이를 뽑고 받은 3펜스 등도 있다. 이런 것이 섬의 일부인지, 아니면 다른 지도가 비쳐 보이는 것인지 알 수 없다. 아이들 머릿속은 한시도 가만히 있지 않기 때문에 더욱 헷갈린다.

물론, 네버랜드는 아이마다 다르게 펼쳐진다. 예를 들어 존은 자신의 네버랜드에서 호수 위를 날아다니는 홍학 떼를 쏘았다. 하지만 더 어린 마이클의 네버랜드에서는 홍학 한 마리 위를 여러 호수가 날아다녔다. 또 존은 모래밭에 거꾸로 뒤집어 놓은 배에서, 마이클은 인디언의 천막에서, 웬디는 나뭇잎을 솜씨 좋게 엮어서 만든 집에서 살았다. 존은 친구가 한 명도 없었고, 마이클은 밤에만 친구를 만났다.

웬디는 부모에게 버림받은 늑대를 길렀다. 하지만 아이들의 네버랜드는 대체로 한 가족처럼 닮았다. 아이들의 네버랜드를 나란히 세워 놓으면, 코가 서로 닮았다거나 여기가 닮았다거나 하고 알아볼 것이다.

어린이들은 이 마법 같은 바닷가에 언제나 작은 버들가지 배를 갖다 댄다. 우리도 이 바닷가에 가 본 적이 있다. 이제는 갈 수 없지만, 여전히 파도 소리가 귓가에서 울린다.

즐겁고 신나는 섬은 많지만, 네버랜드는 그중에서도 가장 아늑하고 자그마하다. 모험이 끝나면 다른 모험을 즐기러 지루하게 먼 거리를 떠나야 할 만큼 땅이 제멋대로 넓게 퍼지지 않고, 전부 오밀조밀 들어차 있다. 낮에는 의자와 식탁보를 갖다 두고 네버랜드에 있는 것처럼 놀아도 걱정할 게 없지만, 잠들기 2분 전이 되면 네버랜드는 진짜 같은 현실이 된다. 바로 그 때문에 취침 등이 있는 것이다.

달링 부인은 아이들 머릿속을 여행하면서 가끔 이해할 수 없는 생각과 마주쳤다. 가장 알쏭달쏭했던 말은 피터라는 이름이었다. 피터라는 아이는 전혀 모르는데, 존과 마이클의 머릿속 여기저기에서 불쑥 튀어나올 뿐만 아니라 웬디의 머릿속마저 피터라는 낙서로 가득 차기 시작했다. 다른 말보다 더 굵은 글씨로 적힌 탓에 두드러져 보이는 그 이름은 어쩐지 건방져 보였다.

"맞아요, 걔는 좀 건방져요."

달링 부인이 피터에 관해 물어봤을 때 웬디는 안타깝다는 말투로 인정했다.

"그런데 얘, 걔는 누구니?"

"피터 팬이에요. 엄마도 알잖아요."

처음에 달링 부인은 어리둥절했지만, 어린 시절 기억을 더듬다가 요정과 함께 산다는 피터 팬 이야기가 떠올랐다. 아이가 죽어서 하늘나라로 갈 때 무섭지 않게 피터 팬이 도중에 길동무가 되어 준다는 이상야릇한 이야기였다. 어릴 적에는 달링 부인도 그 이야기를 믿었지만, 결혼하고 상식을 충분히 깨우친 지금은 그런 사람이 실제로 있기나 한 건지 미심쩍었다.

"그런데 지금쯤이면 어른이 되어 있지 않겠니." 부인이 웬디에게 말했다.

"아니에요. 그 애는 자라지 않아요." 웬디는 자신 있게 대답했다.

"딱 나만 한 걸요." 몸집도 생각하는 수준도 자기와 비슷하다는 뜻이었다. 어떻게 알게 되었는지는 몰라도 그냥 알았다.

달링 부인이 남편에게 이 일을 의논해 봤지만, 달링 씨는 피식 콧방귀를 뀔 뿐이었다.

"내 말 잘 들어요. 나나가 애들 머리에 집어넣은 헛소리일 뿐이에요. 개나 할 법한 생각이지. 그냥 내버려 두면 절로 없어질 거예요."

하지만 피터 팬 생각은 절로 없어지지 않았다. 얼마 안 가 골치 아픈 이 소년은 달링 부인을 충격에 빠뜨렸다.

아이들은 아무렇지도 않게 별난 모험을 겪는다. 예를 들어 숲에서 돌아가신 아빠를 만나 함께 놀고 나서 일주일이나 지난 후에야 불쑥 그 일을 말하곤 한다.

어느 날 아침, 웬디도 걱정스러운 말을 아무렇지 않게 내뱉었다. 분명 간밤에 아이들이 자러 갈 때까지만 해도 없던 나뭇잎이 방에 몇 장 떨어져 있었다. 달링 부인이 의아해하자, 웬디는 별일 아니라는 듯 미소 지으며 말했다.

"또 피터가 한 일이에요!"

"대체 무슨 말이니?"

"발도 안 닦고 왔다니 너무 지저분해요." 깔끔한 웬디는 한숨을 쉬었다.

웬디는 피터가 가끔 밤에 찾아와서 침대 발치에 앉아 피리를 불어 준다고 꽤 태연하게 설명했다. 한 번도 잠에서 깬 적이 없으면서 어떻게 아는지는 모르겠지만, 어쨌거나 그 사실을 알았다.

"아가, 무슨 엉뚱한 말이니. 누구든 문을 안 두드리면 집에 들어올 수 없어."

"창문으로 들어왔을 거예요."

"얘, 여기는 3층이란다."

"엄마, 창문 근처에 나뭇잎이 떨어져 있지 않아요?"

사실이었다. 창문 근처에도 나뭇잎이 있었다. 달링 부인은 어떻게 받아들여야 할지 몰랐다. 웬디가 너무나 당연하다는 듯이 말해서 꿈이라고 무시할 수도 없었다.

"왜 진작 엄마한테 말하지 않았니?" 부인이 언성을 높였다.

"잊어버렸어요." 웬디는 가볍게 대꾸하고는 서둘러 아침을 먹으러 갔다.

'아, 웬디는 틀림없이 꿈을 꾼 거야.'

하지만 나뭇잎은 분명히 있었다. 달링 부인은 나뭇잎을 유심히 살펴보았다. 잎맥이 훤히 드러나는 나뭇잎이었는데, 부인은 영국에서 자라는 그 어떤 나무에도 그런 잎사귀가 달리지 않았다고 확신했다. 부인은 양초를 들고 마룻바닥을 기어 다니며 이상한 발자국은 없는지 샅샅이 찾아보았다. 부지깽이를 굴뚝 안으로 찔러 보기도 했고, 벽을 두드려 보기도 했다.

창가에서 아래까지 끈을 길게 늘어뜨려 보았더니, 높이가 9m나 된 데다 딛고 올라올 홈통도 없었다.

역시 웬디는 분명히 꿈을 꾼 것이다.

하지만 웬디는 꿈을 꾼 것이 아니었다. 바로 이튿날 밤, 아이들은 특별한 모험을 시작했다.

바로 그날 밤에 아이들은 다시 잠자리에 들었다. 하필 나나가 쉬는 저녁이라 달링 부인이 아이들을 씻기고 자장가를 불러 주었다. 마침내 아이들은 하나씩 엄마의 손을 놓고 꿈나라로 스르르 미끄러져 들어갔다.

안전하고 포근해 보이는 그 모습에 부인은 두려움을 떨치며 싱긋 미소 지었고, 바느질감을 챙겨서 난롯가에 평온하게 앉았다.

부인은 마이클이 생일날에 입을 셔츠를 바느질해야 했다. 하지만 난롯불의 따스한 기운이 퍼지고 세 개의 취침 등이 아이들 방을 어스름하게 비추자, 바느질감은 어느새 부인의 무릎으로 내려왔다. 부인이 이내 고개를 꾸벅거리는데, 그 모습이 어찌나 우아하던지. 곧 부인도 잠에 빠졌다. 저 네 명을 보시라. 저쪽에는 웬디와 마이클, 이쪽에는 존, 난롯가에는 달링 부인이 있다. 취침 등이 하나 더 있어야 했는데.

달링 부인은 꿈을 꾸었다. 네버랜드가 바짝 다가오더니 낯선 소년이 나타나는 꿈이었다. 부인은 소년을 보고도 놀라지 않았다.

자식이 없는 여러 여인의 얼굴에서 저 소년의 얼굴을 본 것만 같았다. 어쩌면 자식을 둔 몇몇 엄마의 얼굴에서도 소년을 본 적 있는 듯했다. 그런데 꿈속에서 소년이 네버랜드를 가리고 있던 얇은 막을 찢자 웬디와 존, 마이클이 그 틈을 훔쳐보는 게 아닌가?

꿈 자체는 별것 아니었을지도 모르지만, 부인이 꿈꾸는 사이에 아이들 방 창문이 활짝 열리더니 소년 한 명이 방바닥에 내려왔다. 소년 곁에는 이상야릇한 불빛이 있었는데, 크기가 주먹만 한 이 불빛은 마치 살아 있는 것처럼 온 방을 날아다녔다. 이 불빛 때문에 달링 부인이 잠에서 깼다.

달링 부인은 깜짝 놀라서 비명을 내질렀다. 그런데 어찌 된 영문인지 부인은 그 소년이 피터 팬이라는 사실을 단박에 알아차렸다. 여러분이나 나, 혹은 웬디가 봤다면 피터 팬이 달링 부인의 키스를 빼닮았다는 사실을 눈치챘을 것이다. 잎맥이 훤히 비치는 나뭇잎과 나무에서 흘러나오는 즙으로 옷을 만들어 입은 피터 팬은 사랑스러웠다. 하지만 보는 이의 마음을 가장 강렬하게 사로잡은 것은 피터 팬의 이가 모두 젖니라는 사실이었다. 피터 팬은 부인이 어른인 것을 알아차리자 작은 진주알 같은 이를 바드득 갈았다.

# 02

# 그림자

　달링 부인이 비명을 지르자, 마치 초인종 소리에 대답이라도 하듯 문이 열리고 밤마실을 나갔던 나나가 들어왔다. 나나가 으르렁대며 피터 팬에게 달려들었지만, 피터 팬은 창밖으로 가볍게 뛰어내렸다. 달링 부인의 입에서 다시 비명이 터졌다. 이번에는 소년이 떨어져 죽은 줄 알고 마음이 괴로웠기 때문이다. 부인은 황급히 거리로 나가서 어린 소년의 시신을 찾아보았지만, 어디에서도 보이지 않았다. 부인이 고개를 들었더니 어두컴컴한 밤하늘에서 별똥별 같은 불빛만 보일 뿐이었다.

　부인이 아이들 방으로 돌아왔더니, 나나가 입에 뭔가를 물고 있었다. 바로 소년의 그림자였다. 피터 팬이 창밖으로 뛰쳐나가던 순간 나나가 재빨리 창문을 닫았는데, 비록 소년은 놓쳤지만 소년의 그림자는 미처 빠져나가지 못했다. 창문이 쾅 닫히자 그림자는 피터 팬에게서 툭 떨어졌다.

　달링 부인은 그림자를 꼼꼼하게 뜯어보았다. 그림자는 꽤 평범했다.

나나는 그림자를 어떻게 처리해야 좋을지 이미 잘 알고 있었기에 그림자를 창밖에 걸어 두었다. '틀림없이 그림자를 다시 찾으러 올 거예요. 아이들 잠을 안 깨우고도 가져갈 수 있게 돼요.'라는 의미였다.

하지만 안타깝게도 달링 부인은 그림자를 창밖에 그대로 내버려 둘 수 없었다. 빨래처럼 축 늘어진 그림자 탓에 집안 분위기가 온통 우중충해졌기 때문이다. 부인은 남편에게 그림자를 보여 줄까도 생각했지만, 달링 씨는 머리를 맑게 비우느라 머리에 젖은 수건을 두르고 존과 마이클의 겨울 외투를 사는 데 드는 비용을 계산하고 있었다. 그런 남편을 성가시게 방해할 수는 없었다. 게다가 남편의 반응도 뻔했다. "전부 개를 보모로 들여서 생긴 일이에요."

달링 부인은 남편에게 말할 적당한 기회가 올 때까지 그림자를 둘둘 말아서 서랍 속에 조심스럽게 감춰 두기로 했다. 그런데 이를 어쩌나!

그 기회는 일주일 후, 영원히 잊지 못할 금요일에 찾아왔다. 그런 날은 당연히 금요일이기 마련이다.

"금요일에는 특별히 주의를 쏟아야 했는데 말이에요."

그 후로 부인은 남편에게 입버릇처럼 말하곤 했다. 그러는 동안 나나는 반대편에서 부인의 손을 잡고 있었다.

"아니, 아니에요." 달링 씨는 한결같이 대답했다.

"다 내 탓이오. 나, 조지 달링이 저지른 짓이에요. Mea culpa, mea culpa(내 탓이오, 내 탓이오)." 달링 씨는 라틴어 교육도 받았다.

두 사람은 밤이면 밤마다 앉아서 운명의 금요일을 떠올렸다. 그날 밤의 세세한 순간이 빠짐없이 뇌에 새겨져서 불량 동전의 인물화처럼 반대편으로 뚫고 나올 정도였다.

"내가 27번지의 저녁 식사 초대만 거절했어도." 달링 부인이 말했다.

"내가 약을 나나 밥그릇에 쏟지만 않았어도." 달링 씨가 말을 받았다.

"내가 약을 좋아하는 척만 했어도." 나나가 눈물 어린 눈으로 말했다.

"내가 파티를 좋아해서 그런 거예요, 여보."

"내가 몹쓸 장난을 쳐서 그런 거요, 당신."

"내가 사소한 일에 까탈스럽게 굴어서 그래요, 주인님."

그러면 셋 중에 한둘이 감정을 주체하지 못하고 무너지곤 했다. 나나는 '맞아, 정말이야. 나 같은 개를 보모로 두지 말아야 했어.'라고 생각하며 눈물을 흘렸다. 그럴 때 손수건으로 나나의 눈가를 닦아 준 이는 대체로 달링 씨였다.

"못된 녀석!" 하고 달링 씨가 벌컥 소리를 지르면 나나도 메아리처럼 멍멍 짖곤 했다. 하지만 달링 부인은 결코 피터 팬을 탓하지 않았다. 부인의 오른쪽 입꼬리에는 피터 팬을 험담하기 꺼리는 무언가가 있었다.

셋은 텅 빈 아이들 방에 앉아서 그 끔찍했던 밤의 모든 순간을 하릴없이 떠올렸다. 그날 저녁도 다른 숱한 저녁과 다를 바 없이 평범하게 시작했다. 나나는 목욕물을 받아 놓고 마이클을 등에 태워서 가고 있었다.

"자러 안 갈 거야." 마이클은 이렇게 말하면 정말로 자러 가지 않아도 되는 것처럼 소리쳤다. "안 자, 안 잘 거야. 나나, 아직 여섯 시도 안 됐단 말이야. 말도 안 돼. 이제 너 미워할 거야, 나나. 목욕하기 싫다고. 안 해, 안 해!"

그러자 하얀 이브닝드레스를 입은 달링 부인이 들어왔다. 남편에게 선물 받은 목걸이를 걸치고 이브닝드레스를 입은 모습을 웬디가 무척 좋아해서 일찌감치 그렇게 옷을 차려입고 있었다. 팔에는 웬디의 팔찌도 차고 있었다. 웬디는 엄마에게 자신의 팔찌를 빌려주는 걸 무척 좋아했다.

그때 웬디와 존이 엄마 아빠 놀이를 하며 웬디가 태어난 날을 연기하는 모습이 눈에 들어왔다.

"여보, 기쁜 소식이 있소. 이제 당신은 엄마가 되었어요." 존은 정말로 달링 씨가 말하는 것처럼 인사를 건넸다.

웬디는 기뻐서 춤을 췄는데, 정말로 달링 부인이 춤추는 몸짓과 똑같았다.

곧이어 존이 태어났다. 아빠를 흉내 내는 존은 아기가 남자아이라는 이유로 더욱 거창하게 축하했다. 목욕을 마치고 온 마이클이 자기도 태어나게 해 달라고 보챘지만, 존은 더는 아기가 필요하지 않다고 딱 잘라 거절했다.

마이클은 울먹이며 외쳤다. "아무도 날 원하지 않아."

물론 이브닝드레스를 입은 어머니는 그런 모습을 지켜볼 수 없었다.

"아니야. 나는 셋째 아이를 원한단다."

"아들이요, 아니면 딸이요?" 마이클은 별 기대 없이 되물었다.

"아들이지."

그러자 마이클이 엄마 품으로 와락 뛰어들었다. 달링 부부와 나나가 이제 와 돌이켜보면 사소한 일이었다. 하지만 그날로 아이들 방에서 마이클을 영영 보지 못하게 되었다고 생각하면 결코 사소하지 않았다.

셋은 계속해서 그날 저녁을 회상했다.

"그때 내가 회오리바람처럼 달려들었지, 안 그래요?" 달링 씨가 자책하며 말하곤 했다. 그때 그는 정말로 회오리바람처럼 달려들었다.

아마 달링 씨에게도 변명거리가 있었을 것이다. 그도 파티에 가려고 옷을 입는 중이었다. 처음에는 모두 순조로웠으나 넥타이를 매는 데서 문제가 터졌다.

이런 말을 하면 깜짝 놀라겠지만, 이 사람은 주식과 증권은 잘 알아도 넥타이를 매는 데는 영 서툴렀다. 별 말썽 없이 넥타이를 맬 때도 있었지만, 자존심을 꿀꺽 삼키고 이미 매듭을 지어 놓은 넥타이를 매는 편이 더 나을 경우도 있었다.

그날이 바로 그런 경우였다. 달링 씨는 꾸깃꾸깃 구겨진 넥타이를 쥐고 아이들 방으로 달려왔다.

"무슨 일 있어요, 여보?"

"있고말고요!" 그가 목청 높여 고함쳤다. "이 넥타이, 절대 안 묶인다니까요." 달링 씨는 위험할 정도로 빈정거렸다. "내 목에는 안 묶여요! 침대 기둥에는 묶이는데 말이오! 아, 그래요. 침대 기둥에는 스무 번이나 매어 봤는데, 내 목에는 절대 안 매진다니까! 세상에, 절대 안 된다니까! 뭘 해도 안 돼요!"

그는 아내의 반응이 시원찮다고 생각해서 무게를 잡고 말을 이었다. "경고하는데, 여보, 이 넥타이를 매지 못하면 오늘 저녁 식사 자리에 가지 않을 거요. 저녁 식사 자리에 가지 않으면 다시는 사무실에 출근하지 않을 거요. 다시는 사무실에 출근하지 않으면 당신과 나는 굶어 죽고 우리 애들은 길바닥에 나앉을 거요."

하지만 달링 부인은 침착했다. "내가 해 줄게요, 여보."

사실, 달링 씨도 아내에게 부탁하려고 온 것이었다. 아이들이 빙 둘러서서 운명이 결정되기를 기다리는 동안 달링 부인은 시원시원한 손길로 맵시 있게 넥타이를 매 주었다. 아내가 이처럼 쉽게 넥타이를 매는데 분개할 사내도 있겠지만, 달링 씨는 마음씨가 좋았다. 아무렇지 않게 아내에게 고맙다는 말을 건넸고, 분노는 씻은 듯이 잊은 채 마이클을 업고 춤추면서 방을 돌아다녔다.

"참 정신없이 떠들고 놀았는데!" 달링 부인이 그날 저녁을 떠올린다.

"아, 그게 마지막이었지!" 달링 씨가 탄식을 뱉는다.

"참, 여보. 마이클이 나한테 불쑥 말했던 거 기억해요? '엄마, 날 어떻게 알았어요?'라고 했잖아요."

"기억나다마다!"

"아이들이 참 사랑스러웠는데. 안 그래요?"

"우리 자식이니까요. 우리 자식들. 그런데 이제 가 버렸소."

달링 씨의 야단스러운 춤은 나나의 등장으로 끝났다. 그런데 하필 달링 씨가 나나와 부딪히는 바람에 바지에 개털이 잔뜩 묻고 말았다. 새 옷인 데다 처음으로 장만한 끈 장식 바지였기에 달링 씨는 입술을 꽉 깨물며 눈물을 참았다. 물론, 달링 부인이 솔로 바지를 털어 주었지만, 달링 씨는 또 개를 보모로 들인 것은 실수라고 불평을 늘어놓았다.

"여보, 나나는 보물 같은 개예요."

"거야 그렇죠. 하지만 나나가 애들을 강아지 취급해서 가끔은 불편해요."

"어머, 아니에요, 여보. 나나는 아이들이 사람인 걸 분명히 알 거예요."

"잘 모르겠군." 달링 씨가 생각에 잠겨 말했다. "난 잘 모르겠어요."

그러자 달링 부인은 그 소년에 관해 말할 기회라고 여겼다. 이야기를 듣던 달링 씨는 처음에는 콧방귀를 뀌었지만, 아내가 그림자를 보여 주자 심각해졌다.

"모르는 사람인데." 달링 씨는 그림자를 찬찬히 살펴보았다. "확실히 악당처럼 보이는군."

"알다시피 우리가 그림자에 관해 계속 이야기하는데, 나나가 마이클의 약을 갖고 들어왔죠. 이제는 약병을 물고 다니지 않아도 되겠구나, 나나. 다 내 잘못이란다." 달링 씨가 말했다.

달링 씨는 강인한 사람이지만, 약 때문에 어리석은 짓을 저질렀다는 데에는 의심의 여지가 없었다. 달링 씨에게 약점이 하나 있다면, 평생 자신이 용감하게 약을 먹었다고 생각한다는 것이었다. 그래서 나나가 입에 문 약숟가락을 마이클이 재빨리 피하자, 달링 씨가 아이를 꾸짖었다.

"남자답게 굴어야지."

"싫어, 안 먹을래요." 마이클이 버릇없이 외쳤다.

달링 부인이 마이클을 달래려고 초콜릿을 가지러 나가자, 달링 씨는 자식을 더 엄격하게 가르쳐야겠다고 생각했다.

"여보, 응석을 받아주지 말아요." 달링 씨가 아내 등에다 대고 외쳤다.

"마이클, 아빠가 너만 할 때는 군말 없이 약을 먹었단다. '엄마, 아빠, 병이 낫도록 약을 주셔서 고맙습니다.'라고 인사도 했어."

달링 씨는 이 말이 진실이라고 믿었다. 잠옷으로 갈아입은 웬디도 아빠 말을 믿고 마이클을 구슬리려고 했다. "아빠, 아빠가 가끔 먹는 약은 맛이 더 고약하죠, 그렇죠?"

"훨씬 더 고약하지." 달링 씨가 의연하게 대답했다. "그 약병을 잃어버리지만 않았어도 모범을 보여 주려고 당장 먹었을 거야, 마이클."

사실 달링 씨는 약병을 잃어버리지 않았다. 한밤중에 옷장 꼭대기에 약병을 감춰 두었을 뿐이었다. 하지만 달링 씨가 몰랐던 사실이 있었으니, 성실한 리자가 약병을 찾아서 욕실 세면대에 다시 올려 두었다는 것이다.

"어디에 있는지 알아요, 아빠." 남을 돕는 일이라면 언제든 즐겁게 나서는 웬디가 외쳤다. "제가 가져올게요."

달링 씨가 미처 말리기도 전에 웬디가 사라졌다. 그러자 기묘하게도 달링 씨의 기분이 착 가라앉았다.

"존, 그 약은 정말이지 끔찍하단다. 약간 달긴 한데 끈적끈적한 게 역겨워." 달링 씨가 몸서리쳤다.

"꿀떡 삼키면 금방 끝나요, 아빠." 존이 쾌활하게 말했고, 이내 웬디가 유리잔에 약을 담아서 달려왔다.

"최대한 빨리 왔어요." 웬디가 헐떡였다.

"정말 눈 깜짝할 새에 왔구나." 달링 씨가 정중한 말투에 원망스러운 마음을 눌러 담아 말했지만, 웬디는 말뜻을 전혀 눈치채지 못했다.

"마이클이 먼저 먹어야지." 달링 씨가 고집스럽게 말했다.

"아빠 먼저요." 의심 많은 마이클이 대꾸했다.

"너도 알겠지만, 이걸 먹으면 아빠가 아플지 몰라." 달링 씨가 위협하듯 받아쳤다.

"아빠, 얼른요." 존이 나섰다.

"넌 입 다물어라." 달링 씨가 쏘아붙였다.

웬디는 어리둥절했다. "아빠가 약을 단숨에 삼킬 줄 알았어요."

"그게 문제가 아니야." 달링 씨가 발끈했다. "문제는 내 잔에 든 약이 마이클의 숟가락에 있는 약보다 더 많다는 거야."

자존심 센 달링 씨는 부아가 치밀었다. "그러면 공평하지 않잖니. 죽는 한이 있더라도 반드시 말해야겠구나. 이건 공평하지 않아."

"아빠, 나 기다리고 있잖아요." 마이클이 차갑게 말했다.

"말 한번 잘했구나. 나도 기다리고 있다."

"아빠는 겁쟁이예요."

"너도 겁쟁이야."

"나는 안 무서워요."

"나도 마찬가지다."

"그러면 얼른 약을 먹어야죠."

"그러면 너도 얼른 약을 먹으렴."

웬디가 좋은 수를 생각해 냈다. "둘 다 동시에 먹으면 어때요?"

"그거 좋구나. 준비됐니, 마이클?"

웬디가 하나, 둘, 셋 숫자를 세자 마이클이 약을 삼켰다. 하지만 달링 씨는 약을 등 뒤로 슬쩍 감췄다.

마이클이 씩씩거리며 소리쳤고, 웬디도 "아, 아빠!" 하고 외쳤다.

"'아, 아빠'라니 무슨 뜻이니?" 달링 씨가 꾸짖었다. "법석 그만 떨어라, 마이클. 약을 먹으려다 그만, 손이 미끄러진 거야."

아이들 셋은 아빠를 존경하지 않는다는 양 매섭게 바라보았다.

"내 말 좀 들어보렴." 나나가 욕실로 들어가자마자 달링 씨가 애원하듯 말했다.

"아주 재미있는 장난이 생각났어. 아빠 약을 나나의 밥그릇에 부으면 나나가 우유인 줄 알고 마실 거야!"

약은 우유색이었다. 하지만 아이들은 아빠의 유머 감각을 이해하지 못했고, 나나의 밥그릇에 약을 붓는 아빠를 비난하는 눈초리로 바라보았다.

"정말 재밌겠구나." 달링 씨도 확신이 없다는 듯한 말투로 말했다.

이내 달링 부인과 나나가 돌아왔지만, 아이들은 감히 아버지가 한 짓을 일러바치지 못했다.

"나나, 착하지." 달링 씨가 나나를 쓰다듬었다. "네 밥그릇에 우유를 조금 부어 놨단다."

나나는 꼬리를 흔들며 약으로 달려들어서 핥기 시작했다가 달링 씨를 묘한 표정으로 바라보았다. 화난 기색은 아니었다. 나나는 죄책감이 절로 들게 하는 붉은 눈물을 뚝뚝 흘리더니 개집으로 기어들어 갔다.

달링 씨는 몹시 부끄러웠지만, 물러서지 않았다. 끔찍한 침묵이 내려앉았고, 달링 부인이 그릇의 냄새를 맡았다.

"어머, 여보. 당신 약이잖아요!"

"장난이었소." 달링 씨가 심통을 부렸다.

달링 부인은 존과 마이클을 달랬고, 웬디는 나나를 껴안았다.

"이거 참, 식구들 웃겨 주려면 뼈 빠지게 고생해야 하고 말이야." 달링 씨는 씁쓸하게 말을 이었다.

웬디가 계속 나나를 껴안고 있자 달링 씨는 더욱 언성을 높였다.

"좋아, 계속 개를 달래 줘! 나를 달래는 사람은 아무도 없지. 아무도! 돈이나 벌어오는 사람일 뿐인데 왜 달래 주겠어, 왜!"

"여보, 목소리 낮춰요. 하인들이 듣겠어요." 달링 부인이 남편에게 간청했다. 어쩐 일인지 두 사람은 리자를 하인들이라고 불렀다.

"들으라지. 세상 사람 다 들으라고 해요. 하지만 앞으로 한시도 저 개가 아이들 방에서 주인 노릇을 하게 두지는 않을 거요." 달링 씨가 막무가내로 대꾸했다.

아이들이 훌쩍거렸고 나나가 애원하듯 달링 씨에게 달려갔지만, 달링 씨는 손짓으로 물리쳤다. 다시 권위를 되찾은 기분이었다. "그래 봤자 소용없어. 네가 있을 자리는 마당이야. 당장 널 마당에 묶어 놔야겠다."

"여보, 내가 말한 그 소년 기억하죠?" 달링 부인이 속삭였다.

달링 씨는 아내 말이 귀에 들어오지 않았다.

그는 집안에서 누가 주인인지 확실히 보여 주기로 마음먹었다. 명령에도 나나가 개집에서 나오지 않자 달콤한 말로 꾀어냈고, 거칠게 붙잡아 아이들 방에서 끌고 나왔다. 자기 행동이 부끄러웠지만, 그만두지 못했다. 늘 인정과 존경이 고팠던 성격 탓이었다. 달링 씨는 뒷마당에 나나를 묶은 다음 비참한 마음으로 복도에 앉아서 손에 얼굴을 파묻었다.

그러는 사이 달링 부인은 평소와 달리 침묵 속에서 아이들을 침대에 눕힌 뒤 취침 등을 켰다. 나나가 짖는 소리가 들려오자 존이 훌쩍였다.

"아빠가 마당에 나나를 묶어서 저래요."

하지만 웬디는 더 똑똑했다.

"저건 나나가 슬퍼서 우는 소리가 아니야." 웬디는 앞으로 벌어질 일을 조금도 모르면서 말했다. "위험한 낌새를 알아챘을 때 짖는 소리지."

위험이라고!

"그게 정말이니?"

"그럼요."

달링 부인은 오들오들 떨며 창가로 갔다. 창문은 단단히 잠겨 있었다. 바깥을 내다보니 밤하늘에 별이 흩뿌려져 있었다. 별은 무슨 일이 일어날지 궁금해하는 듯 집 주위를 둘러싸고 있었지만, 달링 부인은 눈치채지 못했다.

작은 별 한두 개가 자기에게 눈짓하는 것도 알아차리지 못했다. 하지만 알 수 없는 두려움이 부인의 마음을 움켜쥐었다.

"아, 오늘 밤 파티에 가지 않으면 좋으련만."

반쯤 잠에 빠진 마이클도 엄마가 불안에 떤다는 사실을 눈치챘다.

"취침 등을 켜면 아무도 우리를 해치지 못하죠?"

"그럼, 우리 아가. 취침 등은 어머니가 아이들을 지키려고 남겨 둔 눈이야." 달링 부인이 대답했다.

달링 부인은 침대마다 돌아다니며 마법을 걸듯 노래를 불러 주었고, 어린 마이클은 엄마를 꼭 껴안았다.

"엄마, 난 엄마가 좋아요."

이 말을 마지막으로 달링 부인은 오래도록 마이클의 목소리를 듣지 못했다.

27번지 집은 겨우 몇 미터 떨어져 있었지만, 길에 눈이 살짝 쌓여 있던 터라 달링 부부는 신발을 더럽히지 않으려고 솜씨 좋게 눈을 피해 갔다. 거리에는 달링 부부밖에 없었고, 밤하늘의 별은 모두 두 사람을 지켜보고 있었다. 별은 아름답지만 어떤 일에도 적극적으로 나서지 못하고 영원히 바라볼 수밖에 없다. 이는 아득히 먼 과거에 저지른 일에 대한 벌이었고, 지금은 그 어떤 별도 그 죄가 무엇인지 모른다.

별은 반짝이는 눈짓으로 말을 주고받는데, 나이가 많은 별은 눈이 흐릿해지고 말도 거의 하지 않는다. 하지만 어린 별은 여전히 호기심이 가득하다.

별은 피터 팬을 그다지 좋아하지 않았다. 짓궂은 피터 팬이 별 뒤로 몰래 다가가서 훅 바람을 불어 빛을 꺼 버리려고 했기 때문이다. 하지만 별은 재미있는 일이라면 사족을 못 쓰는 터라 오늘 밤에는 피터 팬의 편에 섰고, 어른이 얼른 외출하기를 바랐다. 그래서 달링 부부가 27번지 집으로 들어가고 문이 닫히자마자 하늘에서 소동이 일었고, 은하수에서 가장 작은 별이 소리쳤다.

"지금이야, 피터!"

# 03

# 어서 가자, 어서!

달링 부부가 외출하고 한동안은 아이들 침대 곁의 취침 등이 선명하게 타올랐다. 누구든 아이들의 귀여운 취침 등이 밤새 잠들지 않고 피터가 오지는 않는지 지켜보기를 바랄 것이다. 하지만 웬디의 취침 등이 깜박이더니 크게 하품했고, 나머지 두 취침 등도 따라서 늘어지게 하품했다. 결국, 취침 등은 모두 입을 다물기도 전에 꺼지고 말았다.

그때 취침 등보다 천 배는 더 밝은 빛이 나타났다. 우리가 이 말을 하는 사이에 불빛은 아이들 방의 서랍을 죄다 열어 보고, 옷장을 모조리 뒤지고, 주머니를 몽땅 뒤집어 보며 피터 팬의 그림자를 찾았다. 사실 진짜 빛은 아니었다. 너무나 빠르게 반짝여서 빛처럼 보이지만, 잠깐이라도 멈췄을 때 보면 요정이라는 사실을 알 것이다. 이 요정은 여러분의 손바닥 안에 들어갈 만큼 작지만, 아직 자라는 중이었다. 바로 팅커벨이라는 소녀였는데, 잎맥만 남은 얇은 나뭇잎 한 장을 작고 네모나게 잘라 만든 옷 덕분에 통통한 몸매가 한층 날씬해 보였다.

요정이 방 안으로 들어오자, 곧바로 작은 별들의 숨결에 창문이 열리고 피터 팬이 들어왔다. 팅커벨을 안고 왔던 피터의 손에는 아직도 요정 가루가 덕지덕지 묻어 있었다.

"팅커벨." 피터는 아이들이 잠들었는지 확인한 후 나직하게 요정을 불렀다.

"팅크, 어디에 있어?" 팅커벨은 잠시 주전자 안에 들어가 있었다. 전에 한 번도 가 본 적 없는 곳이라 몹시 신나 있었다.

"이런, 얼른 주전자에서 나와. 내 그림자가 어디에 있는지 찾았니?"

황금 종소리처럼 사랑스럽게 딸랑거리는 소리가 대답했다. 바로 요정의 언어였다. 평범한 아이들은 절대 들을 수 없지만, 혹시라도 듣게 된다면 언젠가 한 번은 들어 봤다는 사실을 깨달을 것이다.

팅커벨은 피터의 그림자가 커다란 상자 안에 있다고 대답했다. 상자란 서랍장이라는 뜻이었다. 피터는 서랍장에 달려들어서 왕이 군중에게 동전을 뿌리듯이 두 손으로 서랍장 안 물건을 바닥에 흩뿌려 놓았다. 곧바로 그림자를 되찾은 피터는 너무 기쁜 나머지 팅커벨이 서랍 안에 있다는 사실을 깜빡 잊고 서랍장 문을 닫아 버렸다.

피터 팬이 생각이란 걸 한 적은 없겠지만, 혹시나 생각이란 걸 해 봤다면 그림자를 몸에 갖다 대기만 해도 물방울이 서로 합쳐지듯 몸에 착

달라붙으리라고 생각했을 것이다. 그런데 그림자가 붙지 않자 덜컥 겁에 질렸다. 욕실 비누로 그림자를 붙여 보려 했지만, 소용없었다. 피터는 몸을 부들부들 떨면서 바닥에 주저앉아 울음을 터뜨렸다.

흐느끼는 소리에 웬디가 깨어나 앉았다. 웬디는 낯선 아이가 방바닥에 앉아서 우는 모습을 보고도 놀라지 않았다. 기분 좋은 호기심만 일 뿐이었다.

"얘, 왜 울고 있니?" 웬디가 친절하게 말을 걸었다.

피터는 요정의 예식에서 세련된 예의범절을 배웠던 터라 굉장히 예의 바르게 행동할 수 있었다. 그래서 일어나 정중하게 고개 숙여 인사했다. 기분이 좋아진 웬디 역시 침대에서 정중하게 고개를 숙여 인사했다.

"이름이 뭐니?" 피터 팬이 물었다.

"웬디 모이라 앤절라 달링이야." 웬디가 뿌듯하게 대답했다. "너는 이름이 뭐니?"

"피터 팬."

웬디는 소년이 피터 팬이라고 이미 확신했지만, 이름이 짧다고 느꼈다.

"그게 다야?"

"그래." 피터는 살짝 날카롭게 대답했다. 자기 이름이 짧은 편이라는

사실을 처음으로 알게 됐다.

"미안해." 웬디 모이라 앤절라가 말했다.

"괜찮아." 피터가 퉁명스럽게 대꾸했다.

웬디는 피터에게 어디 사는지도 물었다.

"오른쪽에서 두 번째. 그리고 아침이 될 때까지 쭉 가면 돼."

"주소가 참 희한하네!"

피터는 풀이 죽었다. 자기 주소가 희한하다는 사실도 처음으로 알게
됐다.

"아니거든."

"내 말은, 편지 봉투에 그렇게 쓴다는 거니?" 웬디는 피터가 손님이라
는 걸 떠올리며 다정하게 설명했다.

피터는 웬디가 편지를 입에 올리지 않았으면 했다.

"편지 따위는 안 받아." 피터가 비아냥거렸다.

"하지만 엄마는 편지를 받으시잖아?"

"엄마가 없어." 피터는 엄마가 없을 뿐만 아니라, 엄마가 있으면 좋겠
다는 마음조차 손톱만큼도 없었다. 엄마들이란 지나치게 과대평가 받
는 존재라고 생각했다. 하지만 웬디는 그 말을 듣자마자 피터 팬의 처지
가 너무나도 안쓰러웠다.

"이런, 피터. 그래서 울고 있었구나." 웬디는 침대에서 나와 피터 팬에게 달려갔다.

"엄마 때문에 울고 있던 게 아니야." 피터가 발끈했다. "내 그림자가 붙지 않아서 울었던 거라고. 사실 울지도 않았어."

"그림자가 떨어졌다고?"

"응."

웬디는 방바닥에 놓인 지저분한 그림자를 보자 피터가 너무나도 가여웠다.

"정말 안됐다!"

하지만 피터가 비누로 그림자를 붙이려 했다는 사실에 웃음을 참을 수 없었다. 남자애들은 어쩜 다 똑같을까!

다행히 웬디는 어떻게 해야 할지 바로 알아차렸다.

"바느질해야지." 살짝 잘난 체하는 말투였다.

"바느질이 뭐야?"

"너 정말 아는 게 하나도 없구나."

"그렇지 않아."

하지만 웬디는 의기양양하게 말했다.

"꼬마야, 내가 바느질해 줄게."

웬디는 키가 자기와 비슷한 피터 팬을 꼬마라고 부르더니 반짇고리를 꺼내서 발에 그림자를 꿰맸다.

"조금 아플 거야." 웬디가 겁을 줬다.

"난 안 울 거야." 평생 한 번도 운 적이 없다고 믿기로 마음먹은 피터가 대꾸했다. 피터는 이를 악물고 눈물을 참았다. 얼마 안 가 약간 쪼글쪼글해지긴 했어도 그림자가 제대로 붙어서 움직였다.

"다림질도 해야 했나 봐." 웬디가 생각에 잠겨 말했다. 하지만 피터는 남자애답게 겉모습에는 아랑곳하지 않고 몹시 신나서 펄쩍펄쩍 뛰어다녔다.

피터는 웬디가 도와줬다는 사실을 벌써 잊어버렸다. 자기가 스스로 그림자를 붙였다고 생각해서 환호성을 질렀다.

"난 정말 똑똑해! 아, 얼마나 똑똑한지 몰라!"

이렇게 말하려니 창피하지만, 우쭐대는 모습이 피터 팬의 최고 매력이었다. 솔직하게 말하자면 피터보다 더 건방진 아이도 없었다.

하지만 웬디는 충격을 받았다. "너 참 건방지구나."

웬디가 사납게 빈정거렸다. "물론, 내가 한 일은 하나도 없지!"

"너도 조금은 했지." 피터는 별생각 없이 말을 내뱉고는 계속 춤췄다.

"조금이라고!" 웬디가 도도하게 대꾸했다.

"난 아무짝에도 쓸모가 없으니 이만 가 볼게."

웬디는 위엄 넘치는 태도로 침대에 뛰어들어 얼굴까지 이불을 끌어 올렸다.

피터는 웬디의 관심을 끌려고 떠나는 척했지만, 소용없자 침대 끝에 걸터앉아서 발로 웬디를 가볍게 톡톡 건드렸다.

"웬디, 그러지 마. 난 기분이 좋으면 마구 자랑하고 싶어서 죽겠단 말이야." 그래도 웬디는 고개를 내밀지 않았지만, 귀를 쫑긋 세우고 듣고 있었다.

"웬디." 피터 팬이 그 어떤 여자도 홀딱 반하지 않고는 못 배긴 목소리로 말을 이었다. "웬디, 여자애 하나가 남자애 스물보다 더 나아."

웬디는 아직 어린 소녀였지만, 그 순간 어엿한 숙녀가 되어서 이불 밖으로 고개를 빼꼼 내밀었다.

"정말 그렇게 생각해?"

"그럼."

"넌 무척 다정하구나." 웬디가 힘주어 말했다.

"다시 일어날게." 웬디는 일어나서 피터 옆에 앉았다.

웬디는 피터가 원한다면 키스를 주겠다고 말했지만, 무슨 말인지 이해하지 못한 피터는 기대에 차서 손을 내밀었다.

"너 키스가 뭔지는 알지?" 웬디가 깜짝 놀라서 물었다.

"네가 줘야 알지." 피터가 못마땅하게 대답했다.

웬디는 피터가 마음 상하지 않도록 골무를 줬다.

"이제 내가 너한테 키스를 줄까?"

피터의 말에 웬디는 살짝 새침 떨며 대답했다. "네가 원한다면."

웬디는 부끄럽지도 않다는 듯 피터를 향해 볼을 가져다 댔다. 하지만 피터는 웬디 손에 도토리 단추 하나만 똑 떨어뜨렸다. 웬디는 내밀었던 고개를 천천히 돌리고는 피터가 준 키스를 목걸이에 달겠다고 나긋하게 말했다. 웬디가 도토리 단추를 목걸이에 달아서 정말 다행이었다. 나중에 웬디는 저 도토리 단추 덕분에 목숨을 구한다.

사람들이 만나서 서로 소개할 때면 보통은 나이를 묻는다. 언제나 격식 차리기를 좋아하는 웬디는 피터에게 몇 살인지 물었다. 하지만 피터는 나이 질문이 달갑지 않았다. 잉글랜드의 왕에 관해 질문을 받고 싶었는데 문법을 묻는 시험지를 받는 기분이었다.

"몰라." 피터가 불쾌하게 대답했다. "어쨌거나 난 꽤 어려."

그는 정말로 자기 나이를 몰랐다. 그저 짐작만 할 뿐이었지만 되는대로 말을 내뱉었다. "웬디, 나는 태어난 날 집에서 도망쳤어."

웬디는 놀라면서도 흥미를 느꼈다. 그래서 매력적이고 우아한 태도로

잠옷을 만져서 피터에게 더 가까이 다가와 앉으라는 뜻을 내비쳤다.

"엄마랑 아빠가 하는 말을 들었기 때문이야." 피터가 목소리를 낮게 깔고 말했다. "내가 어른이 되면 어떤 사람이 될지 말하고 있었지." 무척 흥분해서 감정에 북받친 말투였다.

"나는 절대 어른이 되고 싶지 않아. 영원히 어린이로 남아서 재미있게 놀고 싶단 말이야. 그래서 켄싱턴 공원으로 도망쳤고 오래오래 요정들과 함께 지냈어."

웬디는 더없이 감탄한 표정으로 피터를 바라보았다. 피터는 자기가 도망쳤기 때문에 웬디가 감탄했다고 생각했지만, 실은 요정과 알고 지낸다는 말 때문이었다. 웬디는 집에서 얌전하게만 지낸 탓에 요정과 안다는 것이 몹시 흥미로웠다. 웬디가 요정에 관한 질문 세례를 퍼붓자 피터는 깜짝 놀랐다. 피터는 자기를 방해하는 요정이 성가셨고, 가끔은 따끔하게 때려 주기도 했다. 그래도 대체로는 요정을 좋아했던 터라 웬디에게 요정이 어떻게 생겨났는지 알려 주었다.

"있잖아, 웬디. 갓난아기가 처음으로 웃으면 그 웃음이 천 개의 조각으로 쪼개져서 이리저리 뛰어다니거든. 그게 바로 요정으로 변하는 거야."

피터에게는 따분한 이야기였지만, 집에만 틀어박혀 지내는 웬디는

재미있게 들었다.

"그리고 원래는 남자애랑 여자애마다 요정이 하나씩 있어야 해." 피터가 다정하게 말을 이었다.

"원래 있어야 한다고? 그러면 요정이 없어?"

"없어. 요즘 애들은 아는 게 너무 많잖아. 그래서 금방 요정을 믿지 않게 되거든. 애들이 '난 요정을 믿지 않아.'라고 말할 때마다 어딘가에서 요정이 죽고 말아."

피터는 이만하면 요정에 관해 충분히 들려줬다고 생각했다. 그때 팅커벨이 너무나 조용하다는 생각이 문득 떠올랐다.

"얘가 어디에 갔는지 모르겠네."

피터가 일어나서 팅커벨을 불렀다. 웬디의 마음은 갑자기 설렘으로 두근거렸다.

"피터, 이 방에 요정이 있다는 건 아니겠지?" 웬디가 피터를 붙잡고 외쳤다.

"방금까지 여기에 있었어." 피터가 조금 조급하게 대답했다.

"아무 소리 안 들리니?" 둘은 귀를 기울였다.

"딸랑거리는 종소리만 들리는걸." 웬디가 말했다.

"그래, 팅크가 내는 소리야. 요정의 말이지. 나도 들리는 것 같아."

소리는 서랍장에서 흘러나왔다. 피터 팬의 얼굴이 환해지더니, 이 세상 누구보다 더 환하게 웃으며 귀엽게 까르륵거렸다. 그는 첫 웃음을 여전히 간직하고 있었다.

"웬디, 내가 팅크를 서랍 안에 가뒀나 봐!" 피터가 신나서 소곤거렸다.

서랍장 밖으로 빠져나온 가여운 팅커벨은 분노에 차서 악을 질러 대며 방 안을 날아다녔다.

"그런 말은 하면 안 돼." 피터가 나무랐다.

"물론, 정말로 미안해. 하지만 네가 서랍 안에 있다는 걸 몰랐다고."

웬디는 피터의 말이 귀에 들어오지 않았다.

"오, 피터. 저 애가 가만히 서서 잘 볼 수 있다면 얼마나 좋을까!"

"요정은 가만히 있는 법이 없어." 하지만 웬디는 꿈결 같은 존재가 잠시 뻐꾸기시계에 앉아 쉬는 모습을 보았다.

"어머, 너무나 사랑스러워!" 웬디가 소리쳤다.

하지만 팅커벨은 여전히 화가 나서 얼굴을 찡그렸다.

"팅커벨, 이 애는 네가 자기 요정이었으면 좋겠대." 피터가 상냥하게 말을 건넸다.

팅커벨은 오만하게 쏘아붙였다.

"뭐라고 한 거야, 피터?"

피터는 팅커벨의 말을 전할 수밖에 없었다.

"쟤는 버릇이 없어. 네가 너무나 못생겼대. 그리고 자기는 내 요정이래."

피터는 팅커벨에게 따지고 들었다. "넌 내 요정이 될 수 없다는 거 알잖아. 나는 신사고 너는 숙녀니까."

그러자 팅커벨은 "멍청이."라고 받아치고는 욕실로 가 버렸다.

"저 애는 그냥 평범한 요정이야." 피터가 미안해하며 설명했다. "땜장이의 종이라는 뜻으로 팅커벨이라고 불려. 냄비랑 주전자를 고치거든."

이때쯤 피터와 함께 안락의자에 앉은 웬디는 질문을 더 많이 퍼부어 댔다.

"아직 켄싱턴 공원에 사는 게 아니라면⋯."

"아직도 가끔은 거기서 지내."

"그럼 주로 어디에서 지내는데?"

"잃어버린 소년들이랑 같이."

"그게 누군데?"

"보모가 한눈판 사이에 유모차에서 떨어진 애들이야. 부모가 일주일 안에 찾으러 오지 않으면 생활비를 더 댈 수가 없어서 머나먼 네버랜드로 보내. 내가 대장이지."

"정말 재미있겠다!"

"맞아." 꾀 많은 피터가 대답했다. "하지만 퍽 외롭기도 해. 우리한테는 여자애가 없거든."

"여자애가 하나도 없어?"

"없어. 너도 알겠지만, 여자애들은 똑똑해서 유모차에서 떨어지지 않잖아."

이 말에 웬디는 몹시 뿌듯했다.

"너는 여자애에 관해 정말 다정하게 말하는구나. 존은 우리를 무시하는데."

그러자 피터는 대답하는 대신 일어나서 존을 뻥 걷어찼다. 발길질 단한 번으로 존과 담요가 침대 밖으로 굴러떨어졌다. 처음 만난 자리에서 하는 행동치고는 꽤 무례했던 터라 웬디는 용기를 내어 이 집에서는 피터 팬이 대장이 아니라고 말했다. 하지만 존이 방바닥에서 무척 얌전하게 자길래 그대로 내버려 두었다.

"날 생각해서 한 일인 거 알아."

결국 웬디는 누그러져서 말했다. "그러니까 나한테 키스를 주는 걸 허락할게."

웬디는 피터가 키스가 무엇인지 모른다는 사실을 깜빡 잊고 있었다.

"네가 돌려받고 싶어할 줄 알았어." 피터는 약간 씁쓸한 목소리로 말하며 골무를 내밀었다.

"어머, 세상에." 웬디가 상냥하게 말했다. "키스가 아니라 골무를 말한 거였어."

"골무가 뭔데?"

"이런 거야." 웬디가 피터에게 키스했다.

"재미있다!" 피터가 진지하게 말했다. "이제 내가 골무를 줘도 되니?"

"너만 좋다면." 이번에 웬디는 고개를 꼿꼿이 세우고 대답했다.

피터에게 골무를 받자마자 웬디가 비명을 질렀다.

"왜 그래, 웬디?"

"누가 내 머리카락을 잡아당긴 것 같아."

"틀림없이 팅크일 거야. 이렇게 못되게 구는 건 처음 보네."

정말로 팅커벨은 휙휙 날아다니며 욕설을 퍼부었다.

"웬디 네가 나한테 골무를 줄 때마다 똑같이 할 거래."

"왜?"

"왜, 팅크?"

팅커벨은 아까와 똑같이 대답했다.

"멍청이."

피터는 영문을 몰랐지만, 웬디는 눈치챘다. 게다가 웬디는 피터가 자기를 보기 위해서가 아니라 이야기를 들으러 이 방에 찾아왔다고 솔직히 말했을 때 약간 풀이 죽었다.

"너도 알겠지만, 나는 이야기를 하나도 모르거든. 잃어버린 소년들도 이야기를 몰라."

"정말이지 안됐다."

"왜 제비가 집 처마에 둥지를 트는지 아니? 이야기를 듣기 위해서야. 아, 웬디, 너희 엄마가 들려준 이야기는 정말 재미있었어."

"어떤 이야기?"

"왕자가 유리 구두를 신은 아가씨를 찾아 헤매는 이야기였어."

"피터, 그게 바로 신데렐라야. 왕자는 신데렐라를 찾아서 행복하게 살아." 웬디가 흥분해서 떠들었다.

피터는 가슴이 벅차 바닥에서 벌떡 일어나 창문으로 달려갔다.

"어디 가는 거야?" 웬디가 불안해서 소리쳤다.

"다른 애들한테 알려 주려고."

"가지 마, 피터." 웬디가 애원했다. "나 이야기 정말 많이 알아."

웬디는 틀림없이 이렇게 말했다. 그러니 웬디가 피터 팬을 먼저 꾀었다는 사실은 부인할 수 없다.

웬디 곁으로 돌아온 피터의 눈에는 욕심이 가득했다. 그런 눈빛을 본다면 놀라야 했지만, 웬디는 아무것도 못 느꼈다.

"아, 내가 아이들한테 이야기를 들려줄 수도 있는데!" 웬디가 소리쳤다. 그러자 피터는 웬디를 붙잡고 창문 쪽으로 끌어당겼다.

"이거 놔!" 웬디가 명령하듯 말했다.

"웬디, 나랑 같이 가서 아이들한테 얘기해 줘."

웬디는 이런 부탁을 받아서 무척 흐뭇했지만, 거절했다.

"세상에, 그럴 수 없어. 우리 엄마는 어쩌고! 게다가 난 날지도 못하잖아."

"내가 가르쳐 줄게."

"어머, 그러면 정말 좋겠다."

"바람의 등에 올라타는 법을 알려 줄게. 같이 떠나자."

"우와!" 웬디가 황홀해하며 외쳤다.

"웬디, 웬디. 그 멍청한 침대에서 자지 않으면, 나랑 같이 날아다니면서 별들에게 재미있는 이야기를 할 수 있잖아."

"우와!"

"게다가 인어도 있어!"

"인어라고! 꼬리도 있어?"

"아주 긴 꼬리도 있지."

"어머! 인어를 본다니!" 웬디가 소리쳤다.

피터 팬은 더 교활하게 구슬렸다.

"웬디, 우리 모두 너를 우러러보게 될 거야."

웬디는 고민하며 몸을 비틀었다. 방에 남으려는 마음이 더 큰 것 같았다.

하지만 피터는 웬디를 가만두지 않았다.

"웬디, 네가 밤에 우리한테 이불을 덮어 줄 수 있을 거야." 피터가 다시 꾀를 냈다.

"우와!"

"아무도 밤에 우리한테 이불을 덮어 주지 않았거든."

"어머." 웬디는 어느새 피터에게 두 팔을 뻗었다.

"우리 옷도 기워 주고, 주머니도 만들어 줄 수 있을 거야. 우리 옷에는 주머니가 하나도 없거든."

웬디가 어떻게 거절할 수 있었을까.

"정말 재미있겠다! 피터, 존과 마이클에게도 나는 법을 가르쳐 줄래?"

"네가 원한다면." 피터가 심드렁하게 말했다.

웬디는 달려가서 동생들을 흔들어 깨웠다.

"일어나. 피터 팬이 왔어. 우리한테 나는 법을 알려 준대."

존이 눈을 비볐다. "그러면 일어날게." 물론 존은 이미 방바닥에 내려와 있었다.

"이것 봐, 나 일어났어!" 이때쯤 마이클도 깨어났다. 마이클은 날카로운 칼날과 톱날처럼 말똥말똥해 보였다.

그런데 피터가 급히 조용히 하라는 신호를 보냈다. 아이들은 교활한 얼굴로 어른들 세상에서 들려오는 소리에 귀를 기울였다. 사방이 쥐 죽은 듯 고요했다. 전부 잘 풀렸다. 아니, 잠깐! 전부 잘못되었다. 저녁 내내 괴로워하며 짖어대던 나나가 이제 입을 다문 것이다. 아이들 모두 나나의 침묵을 알아차렸다.

"불 꺼! 숨어! 얼른!" 존이 외쳤다. 존이 앞으로 펼쳐질 모험 내내 유일하게 지휘를 맡은 순간이었다. 리자가 나나를 안고 방에 들어왔을 때 어둠에 휩싸인 아이들 방은 이전과 똑같아 보였다. 여러분도 짓궂은 꼬마 셋이 천사처럼 새근새근 잠들었다고 맹세할 수 있었을 것이다. 아이들은 정말로 커튼 뒤에서 실감 나게 숨소리를 내고 있었다.

리자는 언짢은 상태였다. 부엌에서 크리스마스 푸딩을 반죽하고 있었는데, 나나가 터무니없이 의심하는 바람에 뺨에 건포도를 묻힌 채 일손을 놓고 끌려 나온 터였다. 소란을 피하느라 나나를 아이들 방에 잠시

데려갔지만, 나나를 풀어 놓지는 않았다.

"이것 봐, 툭하면 의심하는 녀석아." 리자는 달링 씨에게 혼난 나나를 안쓰럽게 여기지 않았다. "아이들은 안전하다니까. 꼬마 천사들 모두 침대에서 잠들었나 봐. 부드럽게 숨 쉬는 소리를 들어보렴."

이때 마이클이 리자를 속이는 데 성공했다는 사실에 흥분해서 지나치게 크게 숨을 쉬는 바람에 거의 들킬 뻔했다. 그 숨소리를 아는 나나는 리자의 손아귀에서 벗어나려고 발버둥 쳤다.

하지만 리자는 둔했다. "이제 안 돼, 나나." 하며 단호하게 말하고는 나나를 방에서 끌어냈다. "경고하는데, 또 짖으면 주인 어르신과 마님을 찾아가서 모셔 올 거야. 그러면 주인 어르신이 널 때릴 거라고."

리자는 가여운 개를 다시 묶었다. 하지만 과연 나나가 조용히 입을 다물었을까? 주인 어르신과 마님을 파티에서 데려온다고! 그것이야말로 나나가 바라는 일이었다. 아이들이 안전하기만 하다면 매를 맞든 말든 신경이나 쓸까? 안타깝게도 리자는 푸딩을 만들러 돌아갔다. 나나는 리자가 아무런 도움도 안 된다는 걸 깨닫고 사슬을 연거푸 잡아당기다가 마침내 끊어 버렸다.

얼마 후 나나는 27번지 집의 식사 자리로 뛰어들어 달링 부부 앞에서 앞발을 하늘로 치켜 올렸다. 중요한 말이 있을 때 하는 몸짓이었다.

달링 부부는 아이들 방에서 끔찍한 일이 벌어졌다는 사실을 당장 깨달았고, 27번지 안주인에게 작별 인사도 없이 거리로 급히 달려나갔다.

하지만 꼬마 악당 세 명이 커튼 뒤에 숨은 지 10분이 지난 뒤였다. 피터 팬은 10분 만에 많은 일을 할 수 있었다.

다시 아이들 방으로 돌아가 보자.

"이제 안전해." 존이 커튼 뒤에서 나오며 말했다.

"피터, 정말로 날 수 있어?"

피터는 대답하는 대신에 벽난로 선반을 지나 방 안을 날아다녔다.

"최고야!" 존과 마이클이 말했다.

"정말 멋져!" 웬디가 소리쳤다.

"맞아. 난 멋져. 아, 나는 멋져!" 피터가 예의를 또 잊고 으스댔다.

나는 일은 매우 쉬워 보여서 아이들은 먼저 방바닥에서, 그다음에는 침대에서 날려고 했지만, 번번이 아래로 떨어졌다.

"어떻게 하는 거야?" 존이 무릎을 문지르며 물었다. 존은 현실적인 아이였다.

"그냥 멋지고 근사한 생각을 하면, 그 생각이 널 공중으로 들어 올려." 피터가 설명했다.

피터가 다시 시범을 보였다.

"넌 참 날쌔구나. 아주 천천히 다시 해 볼래?" 존이 말했다.

피터는 천천히도 날아 보고, 빠르게도 날아 봤다.

"이제 알겠어, 누나!" 존이 소리쳤다. 하지만 존은 날지 못했다.

세 아이 중 누구도 몇 센티미터조차 뜨지 못했다. A와 Z도 구분하지 못하는 피터 팬은 훌쩍 날아올랐지만, 쉬운 단어쯤은 몇 개 아는 마이클은 옴짝달싹도 하지 못했다.

사실 이건 피터가 아이들을 골탕 먹인 것이었다. 요정 가루가 없으면 누구도 날 수 없었다. 다행히도 아까 말했듯이, 피터는 손에 요정 가루가 덕지덕지 묻어 있어서 아이들에게 가루를 후 불어 날렸다. 그러자 놀라운 일이 펼쳐졌다.

"이제 어깨를 이렇게 꿈틀거려 봐. 그리고 나는 거야." 피터가 말했다.

함께 침대에 모여 있던 남매 가운데 용감한 마이클이 가장 먼저 날아올랐다. 사실 날려고 하지도 않았는데 공중으로 솟아올라서 어느덧 방 건너편으로 날아갔다.

"내가 날았어!" 마이클이 공중에 떠서 외쳤다.

존도 침대에서 뛰어내렸고 웬디와 욕실 근처에서 마주쳤다.

"아, 신난다!"

"와, 끝내줘!"

"나 좀 봐!"

"나 좀 봐!"

"나 좀 봐!"

아이들은 피터만큼 능숙하게 날지는 못해서 조금씩 발버둥 칠 수밖에 없었고 머리도 천장에 부딪혔다. 그렇지만 날아다니는 일은 더없이 짜릿했다. 피터는 웬디에게 한 손을 내밀었다가 이내 거두어야만 했다. 팅커벨이 화내며 길길이 날뛰었기 때문이다.

아이들은 공중에서 오르내리며 둥글게 돌았다.

"천국에 온 기분이야." 웬디가 말했다.

"우리 다 같이 밖으로 나가자!" 존이 외쳤다.

물론, 피터가 바라던 바였다.

마이클은 당장이라도 나갈 태세였다. 멀리 10억 km를 날아가는 데 얼마나 걸리는지 알고 싶었다. 하지만 웬디는 망설였다.

"인어가 있다니까!" 피터가 다시 말했다.

"우와!"

"해적도 있어."

"해적이라고! 당장 보러 가자!" 존이 일요일에 쓰는 나들이 모자를 움켜쥐며 고함쳤다.

바로 그 순간, 달링 부부가 나나와 함께 황급히 27번지 집에서 나왔다. 셋은 길거리 한복판으로 달려 나와서 아이들 방 창문을 올려다보았다. 그랬다, 창문은 여전히 굳게 닫혀 있었다. 하지만 방은 불이 환하게 밝혀져 있었다. 그런데 심장이 덜컥 내려앉는 장면이 눈에 들어왔다. 커튼 너머로 잠옷을 입은 작은 형체 셋의 그림자가 방바닥이 아니라 공중에서 빙글빙글 돌고 있었다.

그림자는 셋이 아니라 넷이었다!

달링 부부는 덜덜 떨면서 현관문을 열었다. 달랑 씨가 위층으로 당장 달려가려고 하는데, 달링 부인이 조용히 올라가라고 손짓했다. 부인은 두근대는 심장을 진정시키려고 애썼다.

달링 부부가 제때 아이들 방에 도착할까? 그렇다면 얼마나 기쁠까. 우리도 안도의 한숨을 내쉴 수 있겠지만, 그러면 이야기는 여기서 끝나고 말 것이다. 하지만 반대로 달링 부부가 제때 도착하지 못하더라도, 모든 일이 잘 풀릴 것이라고 엄숙하게 약속하겠다.

작은 별들이 그 광경을 지켜보지 않았더라면 달링 부부는 때맞춰 아이들 방에 이르렀을 것이다. 하지만 한 번 더 별이 입김을 불어 창문을 열었고, 가장 작은 별이 외쳤다.

"조심해, 피터!"

피터는 꾸물거릴 틈이 없다는 사실을 알아차렸다.

"어서 와!"

피터가 다급하게 외치고는 밤하늘로 솟아올랐다. 존과 마이클과 웬디가 따라갔다.

달링 부부와 나나가 아이들 방으로 들이닥쳤지만, 너무 늦었다. 새들은 이미 날아가고 없었다.

## 04
# 비행

"오른쪽에서 두 번째. 그리고 아침이 될 때까지 쭉 가면 돼."

피터 팬이 웬디에게 한 말은 네버랜드로 가는 방법이었다. 하지만 이 방법으로는 바람이 부는 모퉁이마다 지도를 보며 길을 확인하는 새조차 네버랜드에 찾아갈 수 없을 것이다. 피터는 그저 머릿속에 떠오르는 대로 내뱉었을 뿐이었다.

처음에 아이들은 피터를 철석같이 믿었다. 하늘을 나는 게 어찌나 짜릿했던지 교회의 뾰족탑이나 마음에 드는 높은 곳 주위를 빙빙 돌며 한참 시간을 보냈다.

먼저 날아간 마이클을 따라잡으려고 존이 날아가며 시합을 벌이기도 했다.

아이들은 얼마 전까지만 해도 고작 방 안을 나는 일로 의기양양하게 뽐냈던 것이 우스웠다.

그런데 시간이 대체 얼마나 흐른 걸까?

웬디가 이런 생각에 불안을 느낄 무렵 아이들은 바다 위를 날고 있었다. 존은 바다를 두 번째로 지나치고 있으며 밤을 세 번째로 맞고 있다고 생각했다.

때로는 어둠이 깔리기도 했고 다시 빛이 밝아오기도 했다. 몹시 춥다가도 지나치게 더워지기도 했다. 이따금 배고픔이 밀려들기도 했다. 그런데 정말로 배가 고팠을까, 아니면 피터가 난생처음 보는 재미난 방식으로 먹을 것을 찾아 주길래 그저 배고픈 척을 했던 걸까?

피터는 사람이 먹을 만한 먹이를 입에 문 새를 쫓아가서 먹이를 빼앗았고, 그러면 새가 따라와서 다시 먹이를 낚아챘다. 피터와 새는 몇 킬로미터나 신나게 서로 쫓아다니다가 마침내 기분 좋게 헤어졌다. 하지만 웬디는 이 방식이 이상한 데다 다른 방식으로도 먹을 걸 구할 수 있다는 사실을 피터가 모르는 것 같아서 슬며시 걱정스러워졌다.

어쨌거나 졸음은 가짜가 아니었다. 정말로 잠이 몰려왔다. 하지만 깜빡 잠에 빠지는 순간 아래로 뚝 떨어지기 때문에 졸음은 위험했다. 그런데 끔찍하게도 피터는 그런 일을 재미있어했다.

"또 떨어진다!" 마이클이 돌멩이처럼 뚝 떨어지자, 피터가 환호성을 질렀다. "구해 줘, 얼른!" 웬디는 까마득히 아래 펼쳐진 잔혹한 바다를 바라보며 공포에 질렸다.

결국 피터는 공기를 가로지르며 날아가서 마이클이 바닷물에 닿기 직전에 붙잡았다. 그 모습은 정말 근사했지만, 피터는 늘 아슬아슬한 마지막 순간까지 기다렸다. 사람 목숨을 구하는 일이 아니라 자기 재주를 뽐내는 일에만 관심이 있는 것 같았다. 게다가 피터는 변덕이 심한 탓에 한동안 푹 빠져 있던 놀이에 갑자기 싫증을 내곤 했다. 다음에 누가 졸다가 떨어지면 구하지 않을지도 몰랐다.

피터는 공중에 둥둥 뜬 채로 누워서 떨어지지 않고도 잠잘 수 있었다. 누가 뒤에서 후 바람을 불면 앞으로 빠르게 날아갈 정도로 몸무게가 가볍기 때문이기도 했다.

"피터 말 좀 고분고분하게 들어." 대장 따라 하기 놀이 중인 존에게 웬디가 속삭였다.

"그러면 쟤한테 잘난 척 좀 그만하라고 해." 존이 받아쳤다.

대장 따라 하기 놀이에서 피터는 바다에 바짝 붙어 날아가다가 상어 꼬리를 하나씩 만졌다. 마치 길거리를 걸으며 손가락으로 쇠 울타리 기둥을 하나씩 훑는 것과 비슷했다. 아이들은 그다지 잘하지 못했으니 피터가 으스대는 것처럼 보였을 테다. 더욱이 피터는 자꾸만 뒤돌아보며 아이들이 상어 꼬리를 몇 개나 놓쳤는지 확인했다.

"그래도 잘해 줘야지. 저 애가 우리를 두고 떠나면 어떡해?"

웬디가 동생에게 당부했다.

"돌아가면 되지." 마이클이 말했다.

"우리끼리 어떻게 길을 찾아?"

"그럼 계속 앞으로 가면 되잖아." 이번에는 존이 대꾸했다.

"그게 더 끔찍해. 우린 이렇게 갈 수밖에 없어. 멈추는 법을 모르잖아."

정말이었다. 피터는 깜빡 잊고 멈추는 법을 가르쳐 주지 않았다.

존은 최악의 상황이 닥치더라도 똑바로 나아가면 된다고 말했다. 지구는 둥그니까 결국에는 집 창문으로 돌아갈 것이다.

"먹을 건 또 어떻게 구해?"

"난 독수리가 물고 있던 것도 단숨에 낚아챘는걸."

"스무 번이나 시도해서 겨우 성공했잖아." 웬디가 기억을 일깨워 주었다. "음식이야 새한테서 빼앗더라도 자꾸 여기저기 부딪히는 건 어떡해. 저 애가 옆에서 도와주지 않으면 구름을 피하지 못할 거야."

정말로 아이들은 툭하면 여기저기 부딪히기 일쑤였다. 아직 연거푸 발차기해야 했지만 그래도 이제는 힘차게 날 수 있었다. 하지만 앞에 구름이 나타나서 피하려고 하면 할수록 어김없이 부딪히고 말았다. 나나가 곁에 있었다면 벌써 마이클의 이마에 붕대를 감아 줬을 것이다.

피터가 잠시 곁을 떠나자, 공중에 덩그러니 남은 세 남매는 외로워졌다. 아이들보다 훨씬 더 빠르게 날 수 있는 피터는 느닷없이 사라졌다가 혼자만 모험을 즐기고 돌아왔다. 별에게 우스운 이야기를 들려주고 깔깔대며 내려오다가 무슨 이야기였는지 그새 잊어버리거나, 인어 비늘을 묻힌 채 올라와서는 무슨 일이었는지 확실하게 말하지 못하기도 했다. 인어를 본 적 없는 아이들은 분통이 터졌다.

"저렇게 곧잘 잊어버리는데 우리라고 안 잊어버리겠어?" 웬디가 발끈했다.

사실, 어디론가 떠났다가 돌아온 피터는 정말로 아이들을 제대로 기억하지 못했다. 적어도 어느 정도는 기억이 희미해진 것 같았다. 웬디는 확신할 수 있었다. 남매에게 인사만 건네고 지나치려다가 그제야 얼굴을 알아보는 눈빛에서 다 읽을 수 있었다. 심지어 한 번은 자기 이름을 다시 알려 줘야 했다.

"나 웬디잖아." 격앙된 목소리였다.

피터는 몹시 미안해하며 소곤거렸다. "웬디, 내가 널 잊으면 '나 웬디야.' 하고 계속 말해 줘. 그러면 기억할 거야."

물론, 그래도 화가 완전히 풀리지 않았다. 하지만 피터는 사과의 뜻으로 강한 바람을 타고 반듯이 누워서 나는 법을 가르쳐 주었다.

이는 매우 반가운 변화였다. 몇 번 연습하며 방법을 익힌 아이들은 이제 날면서도 탈 없이 잠잘 수 있었다.

아이들은 더 오랫동안 잠자고 싶었지만, 피터는 잠자는 데 쉽게 싫증을 냈고 대장다운 목소리로 외치곤 했다. "이제 바람에서 내려와."

가끔 옥신각신 말다툼이 벌어지기도 했지만, 아이들은 대체로 웃고 떠들면서 네버랜드로 날아갔다. 달이 여러 번 뜨고 진 끝에 마침내 도착했다. 아이들은 네버랜드까지 꽤 똑바로 날아갔는데, 피터 팬이나 팅커벨이 안내를 잘한 덕분이 아니라 네버랜드가 아이들을 찾아 나섰기 때문이었다. 이 마법의 바닷가에 이를 수 있는 유일한 방법이었다.

"저기 있어." 피터가 침착하게 말했다.

"어디, 어디?"

"화살들이 가리키는 곳."

정말로 황금 화살 백만 개가 네버랜드를 가리키고 있었다. 아이들의 친구인 태양이 밤이 되어 떠나기 전에 아이들이 네버랜드로 가는 길을 찾기를 바라며 쏘아 보낸 햇살이었다.

웬디와 존, 마이클은 허공에서 까치발을 하고 서서 처음으로 네버랜드를 보았다. 신기하게도 세 아이 모두 한눈에 네버랜드를 알아보았다. 네버랜드는 오랫동안 꿈만 꾸다가 마침내 본 곳이라기보다는, 휴일을

맞아 고향에 돌아와서 만난 오랜 친구 같았다. 아이들은 반갑게 인사했다, 두려움이 덮쳐 오기 전까지는.

"존, 저기에 호수가 있어."

"누나, 거북이가 모래에 알을 파묻고 있어."

"존, 다리 부러진 네 홍학도 저기에 있어."

"저것 봐. 마이클, 네 동굴도 있어."

"형, 저기 덤불에 있는 게 뭐야?"

"엄마 늑대랑 새끼 늑대야. 저건 누나의 새끼 늑대잖아."

"저건 내 배야, 옆에 부서진 거 있잖아."

"아냐, 그 배는 태웠잖아."

"어쨌든 그 배가 맞아. 형, 인디언 야영지에서 연기가 나."

"어디? 어디에 있어? 연기 모양을 보면 전쟁 중인지 아닌지 알 수 있어."

"저기에, 신비의 강 바로 너머야."

"나도 보여. 맞아, 전쟁하러 가는 길이네."

피터는 아이들이 너무 많이 알고 있자 약간 심통이 났다. 하지만 얼마 지나지 않아 아이들 앞에서 우쭐댈 수 있을 터였다. 남매에게 두려움이 덮쳐 온다고 아까 말하지 않았던가?

황금 화살이 사라지고 네버랜드에 어둠이 내려앉으며 두려움이 밀려들었다.

네버랜드는 아이들이 집에 있을 때도 잠자리에 들 무렵이면 언제나 어둑어둑하고 무시무시해 보이곤 했다. 누구도 발을 디딘 적 없는 땅이 솟아올라서 사방으로 퍼졌고, 검은 그림자가 그 사이를 어슬렁거렸다. 짐승이 울부짖는 소리도 낮과는 달라졌다. 무엇보다도 그런 짐승과 싸워서 이길 수 있다는 자신감이 사라졌다. 취침 등이 있어 정말 다행이었다. 시커먼 그림자는 벽난로 장식일 뿐이고 네버랜드는 그저 상상 속에만 존재한다는 나나의 말도 반가웠다.

물론, 그때는 네버랜드가 상상 속에만 존재했다. 하지만 지금은 눈앞의 현실이고 취침 등도 없다. 날은 자꾸만 어두워지는데 나나는 어디에 있는 걸까?

따로 떨어져서 날던 아이들은 피터 곁으로 옹기종기 모였다. 어느덧 피터는 심드렁한 태도를 떨치고 눈을 반짝이고 있었다. 피터와 닿을 때마다 아이들에게도 짜릿한 느낌이 전해져 온몸으로 퍼져나갔다. 무서운 섬 위를 아주 낮게 날아가는 아이들의 발에 나뭇가지가 스치곤 했다. 아직 무서운 것은 하나도 보이지 않았지만, 갈수록 날아가기가 힘겹고 더뎌졌다. 마치 악에 어린 힘을 뚫고 나아가는 느낌이었다.

가끔은 공중에서 오도 가도 못한 채 피터가 허공을 주먹으로 때릴 때까지 기다려야 했다.

"놈들은 우리가 땅에 내리는 걸 원하지 않아." 피터가 설명했다.

"누가?" 웬디가 몸서리치며 속삭였다.

하지만 피터는 말할 수도 없었고, 말하려고 하지도 않았다. 그저 어깨에 잠들어 있던 팅커벨을 깨워서 앞으로 내보냈다.

피터는 간간이 공중에서 멈추고 손을 귀에 가져다 대며 귀를 기울였고, 땅을 뚫어져라 바라보기도 했다. 그리고 나서야 계속 앞으로 나아갔다.

피터는 간담이 서늘할 정도로 대담했다.

"지금 모험하고 싶니? 아니면 차 먼저 마실래?" 아무렇지도 않게 존에게 묻기까지 했다.

웬디는 재빨리 "차 먼저 마실래."라고 대답했다. 마이클은 고마운 마음에 누나의 손을 꽉 잡았지만, 더 용감한 존은 망설였다.

"어떤 모험이야?" 존이 조심스럽게 물었다.

"바로 아래 초원에 해적 하나가 잠자고 있어. 원한다면 내려가서 해치우자."

"나는 안 보이는데." 한참 후에 존이 입을 열었다.

"난 보여."

"혹시, 해적이 깨어나면 어떡해?" 존이 약간 목이 쉰 목소리로 말했다.

그러자 피터가 흥분했다. "해적이 자고 있을 때 죽인다고? 먼저 깨운 다음에 죽여야지. 난 늘 그렇게 해."

"이런! 많이 죽여 봤어?"

"엄청나게 많이."

존은 "끝내주는데."라고 말했지만, 차를 먼저 마시기로 마음먹었다. 존은 지금 섬에 해적이 많은지 물었고, 피터는 이렇게 많이 우글거리는 경우는 처음 본다고 대답했다.

"누가 선장인데?"

"후크." 끔찍이도 싫어하는 이름을 입에 올린 피터의 얼굴이 굳어졌다.

"제임스 후크?"

"그래."

그러자 마이클이 울음을 터뜨렸다. 존마저 겁에 질려서 침을 꿀떡 삼켰다. 다들 후크 선장의 악명을 잘 알고 있었다.

"후크는 그 유명한 '검은 수염'의 갑판장이었어."

존이 쉰 목소리로 소곤거렸다. "해적 중에서도 가장 악랄하지. '바비큐'가 유일하게 두려워했던 자라고."

"바로 그자야." 피터가 맞장구쳤다.

"어떻게 생겼는데? 덩치가 커?"

"옛날만큼은 아니야."

"무슨 말이야?"

"내가 몸을 좀 잘라 버렸거든."

"네가!"

"그래, 내가." 피터가 날카롭게 말했다.

"널 무시하려던 건 아니었어."

"아, 괜찮아."

"어디를 잘랐는데?"

"오른손."

"그러면 이제 못 싸우겠네?"

"못 싸우기는!"

"왼손잡이야?"

"오른손 자리에 쇠갈고리를 달았는데, 그걸 휘두르지."

"휘두른다고!"

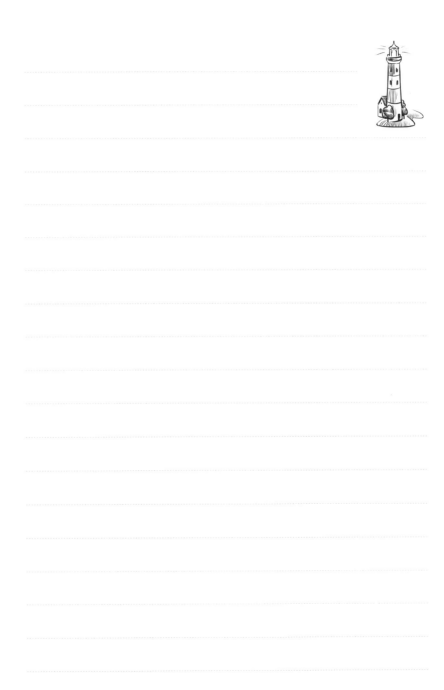

"저기, 존." 피터가 말했다.

"응."

"'네, 대장님.'이라고 해야지."

"네, 대장님."

"날 따르는 소년이라면 지켜야 하는 약속이 있어. 너도 마찬가지야."

존의 얼굴이 하얗게 질렸다.

"만약 우리가 후크와 정면으로 맞붙으면 반드시 나한테 놈을 넘겨야 해."

"약속할게." 존이 충성스럽게 대답했다.

그래도 곁에서 날고 있는 팅커벨 덕분에 잠시 두려움이 가셨다. 팅커벨이 빛을 환하게 내뿜고 있어서 서로 얼굴을 알아볼 수도 있었다. 안타깝게도 팅커벨은 세 남매처럼 천천히 날 수 없어서 아이들 주위를 빙빙 돌아야 했다. 그래서인지 아이들은 둥그런 빛무리 속에서 나는 기분이었다. 웬디는 그런 상황이 꽤 마음에 들었지만, 피터는 오히려 방해가 된다고 지적했다.

"팅크가 그러는데, 날이 저물기 전에 해적이 우리를 보고서 대포를 갖다 놨대."

"대포?"

"응. 지금은 팅크의 빛도 당연히 보일 거야. 빛 근처에 우리가 있는 것 같으면 분명히 대포를 쏘겠지."

"누나!"

"존!"

"마이클!"

"얼른 팅크한테 멀리 떨어지라고 해, 피터." 셋이 동시에 외쳤지만, 피터는 반대했다.

"팅크 말로는 우리가 길을 잃었대." 피터가 뻣뻣하게 대꾸했다. "게다가 팅크가 겁을 먹기도 했고. 저렇게 겁을 내는데 혼자 다른 데로 가라고 할 수는 없어!"

잠시 동그란 빛줄기가 끊어졌고, 누군가가 애정을 담아 피터를 살짝 꼬집었다.

"그러면 빛을 끄라고 해 봐." 웬디가 간청했다.

"빛을 끌 수는 없어. 이건 요정이 유일하게 못 하는 일이야. 요정이 잠들어야 빛이 꺼지거든. 별이랑 똑같아."

"그럼 당장 잠들라고 해." 존이 명령하듯 말했다.

"졸리지 않으면 잠들지 못해. 이것도 요정이 못 하는 일이지."

"그 두 가지가 당장 급한 것 같은데." 존이 으르렁거리며 말했다.

그러자 누군가 존을 꼬집었지만, 이번에는 애정이 담겨 있지 않았다.

"누가 주머니만 있다면 그 안에 팅크를 넣을 수 있을 텐데." 피터가 말했다. 하지만 다들 허겁지겁 집을 떠난 탓에 주머니가 있는 아이는 아무도 없었다.

하지만 피터에게 좋은 생각이 떠올랐다.

존의 모자!

팅커벨은 누가 모자를 손으로 들고 간다면 그 안에 들어가겠다고 했다. 속으로는 피터가 모자를 들어 주기를 바랐지만, 존이 갖고 가기로 했다. 그런데 존이 날면서 모자가 자꾸 무릎에 부딪힌다고 불평한 탓에 웬디가 모자를 넘겨받았다. 나중에 알게 되겠지만, 이 일은 화를 부르고 만다. 팅커벨은 웬디의 손에 이리저리 휘둘리는 걸 끔찍이도 싫어했기 때문이다.

검은 모자 덕분에 요정의 빛이 완전히 가려졌고, 다들 침묵을 지키며 날아갔다. 아이들이 한 번도 겪어 본 적 없는 적막은 멀리서 할짝거리는 소리에 깨졌다. 피터는 들짐승이 여울에서 물을 마시는 소리라고 설명했다. 이내 정적은 나뭇가지가 서로 스치는 듯한 소리에 다시금 깨졌고, 이번에는 인디언이 칼을 가는 소리라고 했다.

곧 이런 소음도 사라졌다.

마이클은 이런 적막함이 너무나 무서워서 외쳤다.

"무슨 소리라도 났으면!"

마이클의 바람에 답이라도 하듯 생전 처음 듣는 무시무시한 굉음이 공기를 갈랐다. 해적이 아이들을 향해 대포를 발사한 것이다.

쩌렁쩌렁 울리는 포성이 산으로 울려 퍼졌다. 메아리가 사납게 외치는 듯했다. "녀석들이 어디 있지? 녀석들이 어디 있지? 녀석들이 어디 있지?"

겁에 질린 아이들은 상상 속 섬과 진짜 섬이 무엇이 다른지 똑똑히 알게 되었다.

마침내 하늘이 다시 잠잠해졌을 때 존과 마이클은 어둠 속에 둘만 남았다는 사실을 깨달았다. 존은 무의식적으로 허공을 딛고 있었고, 마이클은 어떻게 뜬 줄도 모른 채 둥둥 떠다니고 있었다.

"대포에 맞았어?" 존이 바들바들 떨며 속삭였다.

"모르겠어." 마이클도 속삭였다.

지금에야 아무도 대포에 맞지 않았다는 사실을 잘 안다. 하지만 피터는 대포가 일으킨 바람에 실려 멀리 바다까지 날아갔고, 웬디는 팅커벨과 단둘이서 저 높이 떠밀렸다.

그 순간 웬디가 차라리 모자를 떨어뜨렸더라면.

문득 그런 꾀를 떠올린 것인지 아니면 오는 내내 계획했던 것인지는 모르겠지만, 팅커벨은 갑자기 모자에서 튀어나와 웬디를 위험한 길로 꾀어냈다.

팅커벨이 나쁘기만 한 요정은 아니었다. 지금은 몹시 나쁜 요정이지만, 가끔은 마음씨가 무척 고울 때도 있었다. 요정은 무척 착하거나 무척 나쁠 수밖에 없다. 몸집이 너무나 작아서 한 번에 단 한 가지 감정만 품을 수 있기 때문이다. 감정을 바꿀 수는 있지만, 완전히 반대로 바꾸는 길밖에 없었다.

지금 팅커벨은 웬디를 향한 질투심에 사로잡혀 있었다. 하지만 팅커벨이 딸랑거리는 소리를 웬디는 이해하지 못했다. 아마 팅커벨의 말 중 몇 마디는 욕이었을 테지만, 웬디에게는 그저 다정한 말로 들렸다. 팅커벨이 앞뒤로 날아다니는 모습은 '날 따라와, 그러면 아무 문제 없을 거야.'라는 뜻으로 보였다.

가여운 웬디가 달리 어떻게 할 수 있었을까? 피터와 존과 마이클을 불러 보아도 조롱하는 메아리만 되돌아왔다. 웬디는 팅커벨이 여자의 증오로 불타고 있다는 사실을 아직 몰랐다. 그래서 어리둥절한 채 휘청거리며 팅커벨을 따라 위험 속으로 날아갔다.

# 05

# 네버랜드가 살아나다

네버랜드는 피터 팬이 돌아오고 있다는 사실을 느끼고는 다시 활기 발랄해졌다. 생기발랄이 맞는 말이지만, 피터는 늘 활기발랄하다고 말했다.

피터가 없는 동안 네버랜드는 대체로 조용했다. 요정은 아침에 한 시간씩 늦게 일어났고, 짐승은 새끼를 돌봤으며, 인디언은 여섯 날 밤낮 동안 배불리 먹었다. 해적과 잃어버린 소년들이 마주쳤을 때도 그저 으르렁대며 야유할 뿐이었다. 하지만 지루함을 참아주지 않는 피터가 돌아오자 다들 분주해졌다. 이제 여러분이 땅에 귀를 갖다 대면 섬 전체가 생동감으로 꿈틀대는 소리가 들릴 것이다.

오늘 저녁에 섬의 주요 세력들은 무엇을 하고 있을까? 잃어버린 소년들은 피터를 찾으러 나왔고, 해적은 잃어버린 소년들을 찾으러 나왔고, 인디언은 해적을 찾으러 나왔고, 짐승은 인디언을 찾으러 나왔다. 모두 섬을 돌고 또 돌았지만, 전부 똑같은 속도로 움직인 탓에 서로 만나지

못했다.

잃어버린 소년들을 제외하고 너나 할 것 없이 피비린내 나는 싸움을 원했다. 원래 아이들은 피를 좋아했지만, 오늘 밤은 대장을 맞으러 나온 터였다. 섬에서 지내는 아이들의 수는 매번 달라졌다. 아이가 죽는 일도 있었고, 어른으로 자라서 피터가 규칙 위반으로 쫓아내는 일도 있었기 때문이다. 지금은 쌍둥이 둘을 포함해 모두 여섯 명이 있다. 우리가 섬의 사탕수수밭에 누워서, 단검을 쥐고 한 줄로 살금살금 걸어가는 아이들을 지켜본다고 상상해 보자.

피터는 잃어버린 소년들이 자신과 조금이라도 닮아 보여서는 안 된다고 못 박아 두었다. 그래서 아이들은 직접 잡은 곰의 가죽으로 옷을 만들어 입었다. 곰 가죽으로 지은 옷은 둥글고 털이 북슬북슬해서 자칫 넘어졌다가는 데굴데굴 구르기 십상이었다. 그래서 아이들은 늘 조심조심 발을 딛고 다녔다.

맨 앞에서 지나간 아이는 투틀스다. 이 용맹한 소년 무리에서 가장 겁쟁이는 아니지만 가장 운이 없다. 투틀스가 모퉁이를 돌아서 사라지기만 하면 사건이 자꾸 터지는 바람에 모험을 놓칠 때가 많기 때문이다. 가령 사방이 잠잠하길래 자리를 떠서 땔감을 좀 주워 왔더니 다른 아이들이 이미 모험을 끝내고 피를 닦고 있는 식이었다.

그래서인지 운 나쁜 꼬마의 얼굴에는 우울함이 희미하게 어른거렸다. 하지만 천성이 선해서 심술궂게 토라지지 않고 유순하게 행동했다. 그래서인지 투틀스는 무리에서 가장 겸손해 보였다.

착하고 가여운 투틀스, 오늘 밤 네게 위험이 닥칠 거란다. 모험이 다가오더라도 무시하렴. 혹시 그 모험에 뛰어든다면 무시무시한 고통 속으로 곤두박질칠 거야. 투틀스, 오늘 밤 못된 짓을 하려는 요정 팅커벨은 자기가 마음대로 부릴 미끼를 찾고 있어. 팅커벨은 네가 가장 속여 넘기기 쉽다고 생각해. 팅커벨을 조심하렴.

투틀스가 우리 말을 들을 수 있다면 얼마나 좋을까. 하지만 우리는 네버랜드에 있는 게 아니다. 투틀스는 손가락 마디를 깨물며 그저 지나갈 뿐이다.

그다음으로는 명랑하고 사근사근한 닙스가, 그 뒤로는 슬라이틀리가 지나간다. 슬라이틀리는 나뭇가지를 꺾어서 만든 호루라기를 불며 신나게 춤추는 아이다. 잃어버린 소년들 가운데 자존심이 가장 강한 아이기도 하다. 부모님을 잃기 전의 나날과 예절을 기억한다고 생각해서 건방질 정도로 콧대가 높았다.

네 번째는 말썽꾸러기 컬리다. 피터가 "이 짓 한 사람 앞으로 나와."라고 엄하게 꾸짖을 때면 번번이 앞으로 나서야 했다.

이제는 자기가 한 일이든 아니든 자동으로 나가는 지경이다.

마지막으로 쌍둥이가 걸어간다. 이 둘은 설명하기가 힘든데, 툭하면 둘 중 엉뚱한 쪽을 묘사하게 되기 때문이다. 피터는 쌍둥이가 무엇인지 도무지 몰랐는데, 피터의 무리는 대장이 모르는 것을 알아서는 안 됐다. 그래서 쌍둥이 둘은 자기 자신에 관해 잘 몰랐고, 다른 아이들을 헷갈리게 해서 미안하다는 듯 바짝 붙어 다녔다.

잃어버린 소년들은 어둠 속으로 사라졌다. 하지만 얼마 후, 무엇이든 바삐 움직이는 섬이라 그리 오래 지나지 않아서 해적이 나타났다. 언제나 그렇듯 해적의 모습이 드러나기 전에 무시무시한 노래가 먼저 울려 퍼졌다.


**"동작 그만, 어기여차,**

**배를 멈춰라, 해적단이 나가신다,**

**우리는 대포알에 헤어진대도**

**지옥에서 반드시 다시 만나리!"**


해적 처형장에 목이 매달린 채 줄줄이 늘어선 해적 떼라고 해도 이들보다 더 흉악해 보이지는 않을 것이다.

무리보다 조금 더 앞에 나와서 거듭 땅에 머리를 대고 소리를 듣는 해적은 이탈리아 출신 체코다. 굵은 팔뚝을 드러내고 귀에 스페인 은화를 장식으로 달고 있는 잘생긴 체코는 가오에 있는 감옥에서 지낼 적에 칼을 휘둘러서 교도소장의 등에 피 묻은 글씨로 자기 이름을 새겼다고 한다. 그 뒤에 있는 몸집이 집채만 한 흑인은 이름이 셀 수 없이 많은데, 구아조모강 인근에 사는 흑인 엄마들은 아직도 이 해적이 버린 옛 이름을 들먹이며 아이들에게 겁을 준다고 한다.

온몸을 문신으로 빼곡히 뒤덮은 빌 주크스도 있다. 월러스호에서 플린트 선장에게 72대나 두들겨 맞고 나서야 비로소 쥐고 있던 포르투갈 금화 자루를 내려놓은 그 빌 주크스가 맞다. 블랙 머피와 형제라고 하지만 한 번도 증명된 적 없는 쿡슨도 있고, 젠틀맨 스타키도 보인다. 스타키는 상류층 자제가 다니는 기숙학교에서 수위로 일한 적이 있어서인지 사람을 죽일 때도 여전히 섬세한 방식을 자랑한다. 모건의 스카이라이츠도, 아일랜드 출신 갑판장 스미도 있다. 이상하게도 스미는 온화하고 사람을 찌를 때도 악의가 없었으며 후크 선장의 해적단에서 유일하게 영국 국교회 신자가 아니었다. 그밖에 늘 뒷짐을 지고 다니는 누들러와 로버트 멀린스, 앨프 메이슨 외에도 오랫동안 악명을 떨치며 카리브해를 공포로 물들였던 불한당이 많이 있다.

이 어둠의 무리에서 가장 크고 검게 빛나는 보석은 바로 제임스 후크다. 그 자신이 직접 서명하는 대로 부르자면 제스 후크인데, 후크는『보물섬』의 악당 존 실버가 두려워했던 단 한 사람이라고 한다. 부하들이 이끄는 조잡한 마차에 편히 드러누운 후크는 오른손 대신에 달린 쇠갈고리를 이따금 휘둘러서 속도를 재촉하곤 했다. 이 지독한 인간은 부하를 꼭 개처럼 부렸고, 부하도 후크 선장에게 개처럼 복종했다.

후크의 말라비틀어진 얼굴은 죽은 사람처럼 거무스름했고, 구불구불한 긴 머리털은 멀리서 바라보면 검은 양초처럼 보였다. 그 탓에 잘생긴 얼굴이 유달리 험악한 느낌을 풍겼다. 물망초 같은 푸른빛이 도는 눈동자에는 깊은 우수가 담겨 있었지만, 그가 사람에게 갈고리를 쑤셔 넣을 때면 두 눈에서 시뻘건 불꽃이 이글이글 타올랐다. 행동거지를 보면 귀족 나리 같은 느낌이 배어 나왔고, 사람을 갈기갈기 찢어 놓을 때도 품위 있는 태도를 지켰다.

후크가 널리 이름난 이야기꾼이라는 소문도 있다. 그는 사악해질수록 더없이 정중해졌는데, 교양 있는 가정교육을 이보다 더 잘 드러내는 모습도 없을 것이다. 욕설을 내뱉을 때조차 발음이 우아하고 몸가짐도 그에 못지않게 고상한 것을 보면, 부하와 태생부터 다른 사람이었다. 그런데 불굴의 용기를 지닌 후크가 뒷걸음칠 만큼 두려워하는 단 한 가지는,

끈적끈적하고 색깔마저 특이한 자기 피를 보는 일이라고 한다.

후크는 해적질에 갓 뛰어든 젊은 시절에 비운의 스튜어트 왕가 사람들과 묘하게 닮았다는 말을 듣고서는 찰스 2세를 흉내 낸 옷차림을 하고 다녔다. 입에는 시가 두 개를 한 번에 피울 수 있도록 직접 고안한 파이프를 물고 있었다. 하지만 후크에게서 가장 음산한 구석은 손 대신 달린 쇠갈고리였다.

이제 해적을 한 명 죽여서 후크의 살인 방법을 알아보자. 희생자 역할은 스카이라이츠가 맡을 것이다. 해적 떼 사이에서 지나가던 스카이라이츠가 휘청거리다가 후크 선장과 부딪혀서 후크의 레이스 옷깃을 헝클어뜨린다. 그러면 쇠갈고리가 앞으로 번쩍 튀어나오고, 뭔가 찢어발기는 소리와 외마디 비명이 들리고, 누군가가 시신을 옆으로 걷어차고, 해적 떼가 가던 길을 간다. 그러는 사이에 후크는 입에 물고 있던 파이프를 떼지도 않았다.

피터 팬이 맞붙을 상대는 이렇게나 극악무도하다. 대체 어느 쪽이 이길까?

한편, 해적 떼를 뒤쫓는 자가 있으니, 바로 경험이 없는 이들에게는 보이지 않는 출정길을 따라 눈을 부릅뜬 채 숨죽이고 슬금슬금 나아가는 인디언이다. 손도끼와 단검을 손에 움켜쥔 인디언의 벌거벗은 몸은

물감과 기름을 발라 번들거린다. 게다가 해적과 소년의 머리 가죽을 줄에 꿰어 몸뚱이에 두르고 있는데, 그 이유는 이들이 바로 피커니니 부족이기 때문이다. 마음씨 고운 델라웨어족이나 휴런족과 헷갈리지 말자.

인디언 네 명 중 앞장서서 걸어가는 인물은 그레이트 빅 리틀 팬서로, 이 용맹한 인디언은 몸에 두른 머리 가죽이 하도 많아서 앞으로 나아가기가 버거울 정도다. 가장 위험한 맨 뒷자리에는 인디언 부족 추장의 딸 타이거 릴리가 위풍당당하게 걸어간다. 타이거 릴리는 피부가 어두운 편인 여자 사냥꾼 중에서 가장 아름답고, 피커니니족에서도 외모가 최고로 빼어나다. 애교를 부리다가도 어느새 쌀쌀맞게 굴고 이내 다시 다정하게 변한다. 용감한 사내라면 누구나 이 변덕스럽고 고집불통인 여자를 아내로 삼고 싶어 했지만, 타이거 릴리는 언제나 혼인 서약 제단을 도끼로 깨부쉈다.

인디언이 바스락 소리조차 내지 않고 나뭇가지를 밟으며 지나가는 모습을 눈여겨보라. 들리는 소리라고는 거친 숨소리뿐이다. 그동안 잔뜩 배를 채운 탓에 살이 약간 붙었지만, 시간이 흐르면 다시 빠질 것이다. 하지만 지금 당장은 불어난 몸집이 가장 커다란 위험이다.

인디언은 그림자처럼 나타났다가 사라지고, 이내 갖가지 짐승이 잡다하게 섞인 무리가 그 자리를 차지한다. 사자와 호랑이, 곰부터 이런

맹수에게서 도망치는 숱한 작은 야생 동물까지 모두 뒤섞였다. 온갖 짐 승, 특히 사람을 잡아먹는 맹수는 이 살기 좋은 섬에서 서로 바싹 붙어 서 살아간다. 혀를 축 늘어뜨린 짐승들은 오늘 밤 배가 고프다.

짐승이 지나가자 맨 마지막으로 거대한 악어가 모습을 드러낸다. 악 어가 누구를 찾는지는 곧 알게 될 것이다.

악어가 지나가고, 잃어버린 소년들이 다시 나타난다. 서로를 뒤쫓는 무리 가운데 하나가 멈추거나 속도를 바꾸지 않는다면 행렬은 언제까 지나 계속될 테다. 하지만 누구 하나가 멈추기라도 했다가는 서로가 겹 겹이 쌓이고 말 것이다.

다들 바짝 경계하며 앞을 주시하지만, 그 누구도 뒤에서 위험이 슬그 머니 다가오는지는 의심하지 않는다. 얼마나 현실적인 섬인지.

원을 그리며 쫓고 쫓기는 행렬에서 먼저 벗어난 쪽은 잃어버린 소년 들이었다. 아이들은 땅속에 있는 집 근처 풀밭에 벌렁 드러누웠다.

"피터가 돌아왔으면 좋겠어."

아이들은 대장인 피터보다 키도 크고 몸집도 컸지만, 초조하게 한마 디씩 던졌다.

"해적을 겁내지 않는 사람은 나쁜이지."

슬라이틀리가 누구라도 미워할 말투로 으스댔다.

하지만 멀리서 들려오는 소리에 불안해졌는지 다급히 말을 덧붙였다.

"하지만 피터가 돌아와서 신데렐라 이야기를 더 들었는지 알려 주면 좋겠어."

아이들은 신데렐라 이야기를 주고받았고, 투틀스는 자기 엄마가 신데렐라와 아주 닮았을 거라고 굳게 믿었다.

아이들은 피터가 없을 때만 엄마 이야기를 꺼낼 수 있었다. 피터는 엄마 이야기가 시시하다며 금지했다.

"우리 엄마에 관해 기억나는 거라고는 종종 아빠한테 '아, 나한테도 수표책이 있으면 얼마나 좋을까?'라고 말했던 것뿐이야. 수표책이 뭔지는 모르지만, 우리 엄마한테 꼭 하나 주고 싶어."

아이들이 이야기를 나누는데 멀리서 무슨 소리가 들렸다. 숲속 야생 동물이 아닌 여러분이나 나는 아무것도 못 들었겠지만, 아이들은 달랐다. 그 소리는 소름 끼치는 노래였다.

**"어기여차, 어기여차, 해적의 삶,**
**해골 깃발과 즐거운 나날, 교수형 밧줄이 있지.**
**바다귀신 만세."**

잃어버린 소년들은 당장에…. 그런데 아이들이 어디로 갔지? 아이들은 이미 풀밭에서 사라지고 없었다. 토끼라도 아이들보다 더 빠르게 숨지는 못했을 것이다.

잃어버린 소년들이 어디로 갔는지 알려 주겠다. 살펴보러 쏜살같이 달려간 닙스를 제외하고는 모두 땅속의 집으로 들어갔다. 앞으로 이 아늑한 곳을 자주 볼 것이다. 그런데 아이들은 어떻게 집 안으로 들어간 걸까? 밖에서는 입구가 전혀 보이지 않고, 옆으로 치우면 동굴 입구가 나타나는 땔감 더미조차 없다. 하지만 꼼꼼하게 살펴보라. 아름드리나무 일곱 그루가 보일 텐데, 나무마다 소년 한 명이 들어갈 만큼 커다란 구멍이 하나씩 나 있다. 이 구멍 일곱 개가 땅속 집으로 들어가는 입구다. 후크 선장은 몇 달 동안 이 입구를 찾아다녔지만, 번번이 허탕을 쳤다. 오늘 밤에는 찾아낼까?

해적 떼가 앞으로 나아가던 중, 눈이 밝은 해적 스타키가 숲속으로 사라지는 닙스를 보고 즉시 권총을 뽑아 들었다. 하지만 쇠갈고리가 스타키의 어깨를 꽉 붙잡았다.

"선장님, 놓으세요!" 스타키가 몸을 비틀며 외쳤다.

우리는 드디어 후크 선장의 목소리를 처음으로 듣는다. 후크의 목소리는 암흑의 목소리였다.

"권총부터 집어넣어." 암흑의 목소리가 위협하듯 말했다.

"선장님이 미워하는 그 무리 녀석이라고요. 제가 쏴 죽일 수 있었는데."

"그래? 그러면 그 총소리에 타이거 릴리네 인디언이 우리를 덮쳤겠지. 머리 가죽이 벗겨지고 싶나?"

"제가 뒤쫓아가서 코르크 따개 조니로 녀석을 간질여 줄까요?" 스미가 물었다. 스미는 어떤 물건에든 우스꽝스러운 이름을 붙였는데, 코르크 따개 조니는 그의 단검 이름이었다. 스미가 단검을 찔러 넣고는 코르크 따개를 돌리듯 상처를 헤집기 때문이었다. 스미에게는 귀여운 면이 많았다. 예를 들자면 사람을 죽여 놓고 무기 대신 안경을 닦았다.

"조니는 조용한 놈이거든요." 스미가 선장에게 일깨워 주었다.

"지금은 안 돼. 한 놈뿐이잖아. 일곱 전부를 없애야지. 흩어져서 놈들을 찾아." 후크가 으스스하게 말했다.

해적 떼는 나무들 사이로 사라졌고, 이내 후크 선장과 스미가 단둘이 남았다. 후크는 크게 한숨을 내쉬었다. 그러다 문득 후크는 충성스러운 갑판장 스미에게 인생 이야기를 털어놓고 싶은 마음이 샘솟았다. 이유는 모르겠지만, 아마 해 질 녘의 아련한 아름다움 때문이리라. 후크는 오랫동안 진심으로 자신의 이야기를 들려주었지만, 둔한 스미는 무슨

말인지 알아듣지 못했다.

　그렇지만 피터라는 말이 스미의 귀에 들어왔다.

　"무엇보다도, 놈들 대장 피터 팬을 잡고 싶어. 내 팔을 자른 게 그놈이지." 후크는 펄펄 뛰면서 위협하듯 갈고리를 휘둘렀다. "이 갈고리로 그놈과 악수할 날을 고대했지. 아, 놈을 찢어 버리고 말 거야."

　"그런데 말입니다. 선장님은 갈고리 하나가 손 스무 개보다 더 쓸모 있다고 자주 말했잖아요. 머리를 빗거나 이런저런 일을 할 때요."

　"그렇지." 선장이 대답했다.

　"내가 엄마라면 자식들이 손 대신 이걸 달고 태어나게 해 달라고 기도할 거야." 후크는 쇠갈고리 손을 뿌듯하게 보더니 다른 손에는 경멸의 눈초리를 던졌다. 그러고는 얼굴을 찡그렸다.

　"그놈은 하필 근처를 지나가던 악어한테 내 팔을 던져 버렸지." 후크의 얼굴이 움찔거렸다.

　"어쩐지 이상하게 악어를 겁내신다 했어요."

　"아무 악어나 겁내는 게 아니야. 그 악어만 두려운 거지." 후크가 말을 바로잡아 주었다.

　후크가 목소리를 낮추었다.

　"녀석은 내 팔을 무척 맛있게 먹어 치우더니 그 뒤로 바다에서건

육지에서건 날 쫓아다녀. 날 잡아먹고 싶어서 입맛을 다신다고."

"어떻게 보면 칭찬이잖아요."

"그런 칭찬은 바라지 않아." 후크가 벌컥 화를 냈다.

"피터 팬. 그 악어한테 내 살점을 맛보게 한 그놈을 원해."

후크는 커다란 버섯 위에 앉았다. 이제 그의 쉰 목소리가 가늘게 떨렸다.

"스미, 이 사건이 있기 전에도 그 악어는 날 송두리째 잡아먹을 뻔했어. 하지만 다행히도 놈이 시계를 삼킨 바람에 배에서 *째깍째깍* 소리가 들리지. 놈이 다가오면 그 소리를 듣고 내뺄 수 있어." 후크는 웃음을 터뜨렸지만, 어쩐지 공허하게 들렸다.

"언젠가 시계가 멈추면 놈이 선장님을 잡아먹겠네요."

후크가 마른 입술을 핥았다. "그래. 그 두려움을 떨칠 수가 없어."

후크는 버섯에 앉은 뒤부터 이상하게 뜨뜻한 기운이 느껴졌다.

"스미, 이 버섯이 뜨겁군."

후크가 벌떡 일어났다.

"이런, 엉덩이가 타고 있잖아!"

둘은 버섯을 꼼꼼히 살펴보았다. 크기로 보나 단단함으로 보나 영국 본토에는 없는 종류였다. 버섯을 당겨 보았더니 단박에 쑥 뽑혀 나왔다.

버섯에 뿌리가 없었기 때문이었다. 게다가 더더욱 기이하게도 버섯을 뽑은 자리에서 연기가 피어오르기 시작했다. 두 해적이 서로를 바라보았다.

"굴뚝이다!" 둘이 한목소리로 외쳤다.

땅 밑에 있는 잃어버린 소년들의 집 굴뚝을 찾아낸 것이다. 아이들은 적이 근처에 있으면 버섯으로 굴뚝을 막아두곤 했다.

굴뚝에서 나오는 것은 연기만이 아니었다. 아이들의 목소리도 흘러나왔다. 은신처에서 안전하다고 느낀 아이들이 신나게 떠들고 있었다. 해적 둘은 음침한 얼굴로 귀를 기울이더니 다시 버섯을 굴뚝에 꽂았다. 두 사람은 주변을 둘러보다가 나무 일곱 그루에 난 구멍을 발견했다.

"피터 팬이 집에 없다는 말 들으셨죠?"

스미가 코르크 따개 조니를 만지작거리며 속삭였다.

후크가 끄덕였다. 생각에 잠긴 채 한참을 서 있던 후크의 거무스름한 얼굴에 마침내 소름 끼치는 미소가 번졌다. 스미는 그 미소를 기다리고 있었다.

"계획을 알려 주세요, 선장님." 스미가 기대에 부풀어 소리쳤다.

"배로 돌아가지." 후크가 잇새로 느릿느릿 대답했다. "맛 좋고 커다란 케이크를 만들어서 초록색 설탕을 두툼하게 입힐 거야. 집에 굴뚝이 단

하나인 걸 보니 저 아래에 방도 단 하나겠지. 저 멍청한 두더지 녀석들은 문을 사람 수대로 만들 필요가 있다는 걸 몰랐어. 엄마가 없다는 증거지. 케이크를 인어의 호수에 갖다 두자고. 놈들은 늘 거기서 헤엄치고 인어와 놀거든. 케이크를 발견하면 게걸스럽게 먹어 치우겠지. 엄마가 없으니 진하고 촉촉한 케이크가 얼마나 위험한지 모를 테니까."

후크가 다시 웃음을 터뜨렸다. 이번에는 공허한 웃음이 아니라 진짜 웃음이었다.

"아하, 그렇게 다 죽게 될 거야."

스미는 후크의 설명을 들으며 혀를 내둘렀다.

"이렇게 악랄하고 교묘한 계획은 처음 듣습니다." 두 사람은 흥에 겨워 춤추며 노래했다.


**"동작 그만, 밧줄을 매라.**

**내가 나타나면 모두 두려움에 사로잡히지.**

**후크의 갈고리에 붙잡히면**

**뼈도 못 추린다네."**


둘은 노래를 끝마치지 못했다.

갑자기 다른 소리가 들려와서 둘 다 입을 다물었다. 처음에는 나뭇잎 한 장이 떨어지는 소리에도 덮일 만큼 작은 소리였지만, 점점 더 가까워지며 또렷해졌다.

*째깍째깍 째깍째깍*

후크는 공중으로 들어 올린 발을 내려놓지도 못한 채 덜덜 떨었다.

"악어다!"

후크는 숨이 턱 막혀서 헐떡이며 달아났고, 스미가 그 뒤를 쫓아갔다.

정말로 악어가 나타났다. 악어는 다른 해적을 쫓고 있는 인디언을 지나쳐서 여유만만하게 후크의 뒤를 밟았다.

아이들이 다시 밖으로 나왔다. 하지만 밤의 위험은 아직 사라지지 않았다. 닙스가 늑대 무리에 쫓기며 숨 가쁘게 뛰어왔기 때문이다. 닙스를 쫓아온 늑대는 혀를 길게 빼고 무시무시하게 으르렁거렸다.

"살려 줘, 살려 줘!" 닙스가 땅바닥에 쓰러지며 소리쳤다.

"우리가 뭘 어쩌겠어, 피터 없이 우리가 어떡하라고?"

이처럼 위급한 순간에 아이들이 피터를 떠올렸으니, 피터는 몹시 뿌듯할 것이다.

"피터라면 어떻게 할까?" 아이들이 이구동성으로 외쳤다.

그리고 거의 동시에 이렇게도 외쳤다.

"피터라면 가랑이 사이로 늑대를 볼 거야."

"우리도 피터처럼 하자."

늑대를 물리칠 가장 좋은 방법이었다. 아이들은 한 몸처럼 허리를 숙이고 가랑이 사이로 늑대를 쳐다보았다. 시간이 멈춘 것만 같은 순간이 지나고 승리가 빠르게 찾아왔다. 아이들이 이러한 괴상한 자세로 다가가자, 늑대 떼가 꼬리를 말고 냅다 줄행랑쳤다.

이제 닙스가 일어났다. 다른 소년들은 닙스가 아직도 늑대를 빤히 보고 있다고 생각했지만, 닙스의 시선이 향한 곳은 늑대가 아니었다.

"더 멋진 걸 봤어!" 아이들이 호기심에 부풀어 주위로 몰려오자, 닙스가 외쳤다. "크고 하얀 새였어. 이쪽으로 날아오고 있어!"

"어떤 새였는데?"

"모르겠어. 그런데 엄청나게 지쳐 보였어. 날면서 '가여운 웬디'라며 신음하던걸."

닙스는 놀라움에서 헤어나지 못했다.

"가여운 웬디?"

"나 기억난다. 웬디라는 새가 있어."

슬라이틀리가 곧바로 아는 체했다.

"봐, 저기 오잖아."

컬리가 하늘에 있는 웬디를 가리켰다.

이제 아이들 머리 위까지 날아온 웬디가 구슬프게 외치고 있었다. 하지만 팅커벨의 날카로운 목소리가 더 또렷하게 들렸다. 질투심에 불타는 요정은 거짓된 우정의 가면을 모조리 벗어던지고 사방에서 웬디에게 날아들면서 사납게 꼬집었다.

"팅크, 안녕." 호기심에 빠진 아이들이 소리쳤다.

팅커벨은 딸랑거리는 종소리로 대답했다.

"피터가 너희한테 웬디를 쏘라고 했어."

아이들은 피터 팬의 명령이라면 조금도 의심하지 않았다.

"피터가 말한 대로 하자." 순진한 아이들이 고함쳤다. "어서, 활과 화살이 필요해."

투틀스만 제외하고 모두 나무 구멍으로 뛰어들었다. 투틀스는 이미 활과 화살을 가지고 있었고, 이를 눈치챈 팅커벨이 작은 두 손을 비볐다.

"서둘러, 투틀스, 어서." 팅커벨이 소리 질렀다. "피터가 정말 기뻐할 거야."

투틀스는 신나서 활시위에 화살을 걸었다.

"팅크, 비켜." 투틀스가 활을 쏘았다.

웬디는 가슴에 화살을 맞고 파르르 떨며 땅으로 떨어졌다.

# 06

# 작은 집

다른 아이들이 활을 들고 나무에서 튀어나왔을 때, 어리석은 투틀스는 웬디를 내려다보며 정복자처럼 서 있었다.

"너희들 너무 늦었어! 내가 웬디를 쐈어. 피터가 아주 기뻐할 거야." 투틀스가 의기양양하게 소리쳤다.

머리 위에서 팅커벨이 "멍청이!"라고 소리치고는 쏜살같이 날아서 숨어 버렸다. 다른 아이들은 팅커벨의 말을 듣지 못했다. 아이들이 웬디를 에워싸고 바라보는데 숲에 끔찍한 정적이 내려앉았다. 웬디의 심장이 뛰고 있었다면 그 소리까지 들렸을 것이다.

슬라이틀리가 먼저 겁에 질린 목소리로 입을 뗐다.

"이건 새가 아니야. 내 생각에는 숙녀일 거야."

"숙녀?" 투틀스가 온몸을 덜덜 떨며 되물었다.

"그런데 우리가 죽인 거야." 닙스가 거칠게 내쉰 목소리로 말했다.

다들 모자를 벗었다.

"이제야 알겠어. 피터가 이 숙녀를 데려오는 중이었던 거야." 컬리는 괴로운 마음에 바닥에 주저앉았다.

"우리를 보살펴 줄 숙녀가 드디어 왔는데, 네가 죽여 버렸어." 쌍둥이 중 한 명이 말을 보탰다.

아이들은 투틀스가 안쓰러웠지만, 자기들 처지가 더 안쓰럽게 느껴졌다. 그래서 투틀스가 한 걸음 가까이 다가오자 등을 돌렸다.

투틀스는 낯빛이 새하얗게 질렸지만, 전에 없던 위엄을 풍겼다.

"내가 저지른 일이야." 투틀스는 생각에 잠겨서 말했다. "꿈에서 숙녀가 나타나면 '예쁜 엄마, 예쁜 엄마'라고 불렀지. 그런데 진짜로 엄마가 나타나니까 활을 쏴 버린 거야."

투틀스는 천천히 자리를 떴다.

"가지 마." 아이들이 투틀스를 애처로워하며 불렀다.

"가야 해. 피터가 너무 무서워." 투틀스가 오들오들 떨며 대답했다.

이 비극적 순간, 아이들의 심장이 철렁할 소리가 들려왔다. 피터 팬이 '꼬끼오' 하고 우는 소리였다.

"피터다!" 아이들이 외쳤다. 꼬끼오 소리는 피터가 돌아올 때면 늘 보내는 신호였다.

"숙녀를 숨겨." 아이들이 속삭였고, 다들 허겁지겁 웬디 주변으로

모여들었다. 하지만 투틀스는 혼자 따로 멀찍이 떨어져서 섰다.

꼬끼오 소리가 한 번 더 들리더니 피터가 아이들 앞으로 내려왔다.

"얘들아, 안녕." 피터가 외치자 아이들은 자동으로 인사를 건넸지만 이내 침묵이 찾아왔다.

피터가 얼굴을 찡그렸다.

"나 돌아왔다니까. 왜 환호하지 않는 거야?" 피터가 벌컥 화를 냈다.

아이들은 입을 열었지만, 환호성이 나오지 않았다. 피터는 얼른 자랑스러운 소식을 전하고 싶은 마음에 이를 눈치채지 못했다.

"놀라운 소식이 있어, 얘들아." 피터가 목청을 높였다. "드디어 너희들을 위해서 엄마를 데려왔어!"

아이들은 여전히 아무런 소리도 내지 않았다. 투틀스만 털썩 무릎을 꿇는 소리를 냈을 뿐이었다.

"그 애 못 봤어? 이쪽으로 날아왔는데." 슬슬 걱정스러워진 피터가 물었다.

"아아." 누군가 한숨지었다.

"아, 끔찍한 날이야." 다른 아이도 탄식했다.

투틀스가 일어서서 조용히 피터를 불렀다.

"피터, 내가 보여 줄게."

다른 아이들은 여전히 웬디를 숨기려고 했지만, 투틀스는 물러서지 않았다.

"쌍둥이 너희는 물러서서 피터에게 보여 줘."

아이들은 물러나서 피터에게 웬디를 보여 주었다. 웬디를 본 피터는 어찌할 바를 몰랐다.

"죽었네." 불편한 기색이었다. "저렇게 죽는 게 무서웠을 텐데."

피터는 웬디가 보이지 않는 곳까지 우스꽝스럽게 깡충깡충 뛰어가서 다시는 이 근처로 오지 않으면 어떨지 고민했다. 그러면 아이들도 기꺼이 따라갈 터였다.

그때 웬디의 가슴에 꽂힌 화살이 눈에 들어왔다. 피터는 웬디에게서 화살을 뽑아 아이들을 마주했다.

"누구 화살이지?" 피터가 매섭게 캐물었다.

"내 거야, 피터." 투틀스가 무릎을 꿇은 채 대답했다.

"이 비겁한 자식." 피터는 화살을 단검처럼 쳐들었다.

투틀스는 조금도 움찔하지 않았고, 오히려 맨가슴을 드러냈다.

"날 찔러, 피터. 똑바로 찔러." 투틀스는 단호했다.

피터는 두 번이나 화살을 치켜들었지만, 두 번 다 손을 떨구고 말았다.

"그럴 수 없어." 피터는 두려움에 휩싸였다. "뭔가가 내 손을 붙들고 있어."

아이들 모두 놀라서 피터를 바라보았지만, 다행히도 닙스는 웬디를 보았다.

"웬디 엄마가 그런 거야. 봐, 팔로 붙잡고 있잖아." 닙스가 외쳤다.

신기하게도 웬디는 한 팔을 올리고 있었다. 닙스는 웬디에게 몸을 숙여서 공손한 태도로 귀를 기울였다.

"내 생각엔 '가여운 투틀스'라고 말하는 거 같아." 닙스가 소곤거렸다.

"살아 있어." 피터가 짧게 말했다.

그러자 슬라이틀리가 냉큼 소리쳤다. "웬디 엄마가 살아 있어!"

웬디 곁에 무릎을 꿇고 앉은 피터는 도토리 단추를 발견했다. 여러분도 웬디가 이전에 피터에게 받은 단추를 목걸이에 걸었던 일을 기억할 것이다.

"봐, 화살이 여기에 맞았네. 내가 준 키스야. 이게 웬디의 목숨을 구했어." 피터가 말했다.

"나 키스가 뭔지 기억나." 슬라이틀리가 잽싸게 끼어들었다. "어디 보자. 그래, 그게 키스야."

피터는 슬라이틀리의 말을 귓등으로도 듣지 않았다.

그저 웬디에게 어서 일어나 인어를 보러 가자고 졸랐다. 물론, 아직 정신을 차리지 못한 웬디는 대답할 수 없었다. 그런데 머리 위에서 마구 울부짖는 소리가 들려왔다.

"팅크 좀 봐. 웬디가 살아 있어서 우는 거야." 컬리가 말했다.

아이들은 팅커벨의 못된 짓을 피터에게 털어놓을 수밖에 없었다. 피터의 얼굴은 전에 없이 싸늘하게 굳었다.

"잘 들어, 팅커벨. 이제 넌 내 친구가 아니야. 영원히 내 앞에서 사라져!" 피터가 고함쳤다.

팅커벨이 피터의 어깨로 날아와서 애원했지만, 피터는 팅커벨을 툭툭 털어내 버렸다. 하지만 웬디가 다시 팔을 들어 올리자, 피터는 화가 스르르 누그러져서 말을 바꾸었다.

"좋아, 영원히는 아니고 일주일 동안만이야."

팅커벨은 웬디가 팔을 들어 올려줘서 고마워했을까? 천만에. 팅커벨은 그 어느 때보다도 웬디를 꼬집고 싶었다. 요정은 참 별난 존재다. 요정을 누구보다도 잘 이해하는 피터 팬은 요정을 찰싹 때리곤 했다.

그런데 허약해진 웬디를 어떻게 해야 할까?

"집으로 데려가자." 컬리가 제안했다.

"좋아. 숙녀는 그렇게 대해야지." 슬라이틀리가 맞장구쳤다.

"아냐, 안 돼." 피터가 끼어들었다. "웬디한테 손대지 마. 그건 무례한 거야."

"나도 그렇게 생각했어." 슬라이틀리가 말을 바꿨다.

"하지만 여기에 있다가는 죽을 텐데." 투틀스가 반대했다.

"맞아, 죽을 거야." 슬라이틀리가 인정했다. "하지만 어쩔 수 없잖아."

"아냐, 방법이 있어." 피터가 외쳤다. "웬디를 둘러싸고 작은 집을 짓자."

아이들 모두 신이 났다.

"서둘러. 우리가 가진 것 중에서 제일 좋은 걸로 가지고 와. 집을 탈탈 털어 봐. 꾸물대지 말고." 피터가 명령했다.

순식간에 아이들은 결혼식 전날 밤 재봉사처럼 분주해졌다. 이불을 가지러 내려갔다가, 땔감을 가지러 올라갔다가 하며 이리저리 허둥지둥 돌아다녔고, 그러는 사이에 존과 마이클이 나타났다. 발을 질질 끌며 걸어오던 둘은 서 있는 채로 잠에 빠져서 멈췄다가 깨어나 한 걸음 더 가서 다시 잠들기를 반복했다.

"형, 형! 일어나. 나나는 어디 있어? 엄마는?" 마이클이 소리치곤 했다. 그러면 존은 눈가를 비비며 웅얼거렸다. "정말로 우리가 집을 떠나서 날아왔네."

존과 마이클이 피터를 찾아서 얼마나 안심했을지 여러분도 짐작했을 테다.

"안녕, 피터."

"안녕." 피터는 다정하게 대답했지만, 사실 존과 마이클을 잊고 있었다. 그때 피터는 집을 얼마나 크게 지어야 하는지 알아내려고 자기 발로 웬디의 몸집을 재어 보느라 정신이 없었다. 당연히 의자와 식탁을 놓을 공간도 마련할 생각이었다. 존과 마이클은 그런 피터를 지켜보았다.

"누나는 자는 거야?" 둘이 물었다.

"응."

"형, 누나를 깨워서 저녁 만들어 달라고 하자." 마이클이 이렇게 제안하는데, 잃어버린 소년 몇 명이 집 지을 나뭇가지를 들고 급히 달려왔다.

"쟤들 좀 봐!" 마이클이 외쳤다.

"컬리, 이 애들이랑 같이 집 지어." 피터가 대장다운 목소리로 지시했다.

"네, 대장님."

"집을 짓는다고?" 존이 탄성을 질렀다.

"웬디 엄마를 위해서야." 컬리가 설명했다.

"누나를 위해서? 누나는 그냥 여자애일 뿐이잖아." 존은 깜짝 놀랐다.

"그러니까 우리는 웬디의 하인인 거야."

"너희가? 너희가 웬디 누나의 하인이라고?"

"맞아. 너희 둘도 마찬가지야. 쟤들 따라가." 피터가 대꾸했다.

어리둥절해진 존과 마이클은 다른 아이들에게 끌려가서 나무를 자르고 베고 날랐다.

"의자랑 벽난로 망이 먼저야. 그런 다음에 빙 둘러서 집을 지을 거야." 피터가 명령했다.

"맞아. 집은 그렇게 지어. 다 기억났어." 슬라이틀리가 말했다.

피터는 꼼꼼하게 계획해서 명령을 내렸다. "슬라이틀리, 의사를 불러 와."

"네." 슬라이틀리가 곧장 대답하더니 머리를 긁적이며 떠났다. 슬라이틀리는 피터의 말에 무조건 따라야 한다는 사실을 잘 알았고, 잠시 후 존의 모자를 쓰고 엄숙한 표정을 지으며 돌아왔다.

"안녕하세요, 선생님. 의사이신가요?" 피터가 슬라이틀리에게 다가가서 물었다.

이런 상황에서 피터는 다른 잃어버린 소년들과 달리 역할 놀이를 진짜라고 믿었다.

그 탓에 아이들은 종종 곤란에 빠졌는데, 저녁을 먹지도 않고 먹은 것처럼 연기해야 할 때도 있었다.

더욱이 아이들이 역할 놀이를 하는 중에 실수라도 하면 피터가 손마디를 찰싹찰싹 때렸다.

"그렇다네, 젊은이." 이미 손마디를 맞은 적 있던 슬라이틀리가 불안한 기색으로 대답했다.

"의사 선생님, 숙녀 한 분이 매우 아파요." 피터가 설명했다.

웬디가 발치에 누워 있었지만, 슬라이틀리는 못 본 체해야 한다는 걸 눈치챘다.

"쯧쯧쯧. 숙녀분은 지금 어디 있는가?"

"저기 숲속 빈터에요."

"입에 유리로 된 진찰 도구를 넣어 보겠네." 슬라이틀리는 웬디의 입에 뭔가를 넣는 시늉을 했고, 피터는 가만히 기다렸다. 슬라이틀리가 도구를 빼내는 연기를 할 때는 긴장감이 심장을 조였다.

"어떤가요?"

"쯧쯧쯧. 이걸로 다 나을 거라네."

"다행이에요." 피터가 소리쳤다.

"내가 저녁에 다시 들르겠네. 주둥이 달린 컵에 쇠고기 수프를 담아서

먹이게나." 슬라이틀리는 존에게 모자를 돌려준 후 깊은 한숨을 내쉬었다. 힘겨운 상황에서 벗어나면 늘 하는 버릇이었다.

그러는 동안 온 숲에 도끼질 소리가 가득 울려 퍼졌다. 아늑한 집을 짓는 데 필요한 재료가 웬디의 발치에 거의 다 모였다.

"웬디가 어떤 집을 제일 좋아하는지 알면 좋을 텐데." 누군가 말했다.

"피터, 웬디가 자면서 움직이고 있어." 다른 아이가 외쳤다.

"입을 벌렸는데." 또 다른 소년이 공손한 태도로 웬디의 입 안을 들여다보았다. "아, 정말 예뻐!"

"자면서 노래를 부를 건가 봐." 피터가 말했다. "웬디, 어떤 집을 갖고 싶은지 노래로 알려 줘."

그러자 웬디는 눈도 뜨지 않은 채로 노래하기 시작했다.


**"예쁜 집을 갖고 싶어,**

**세상에서 가장 아담한 집,**

**빨간 벽이 작고 귀엽고,**

**지붕에 초록색 이끼가 덮인 집."**


아이들은 웬디의 노래를 듣고 기뻐서 까르르 웃었다.

다행히도 아이들이 가져온 나뭇가지에서는 붉은 수액이 찐득하게 흘러내렸고, 땅은 온통 이끼로 뒤덮여 있었다. 아이들은 다 함께 뚝딱뚝딱 작은 집을 지으면서 노래를 불렀다.

"자그마한 벽과 지붕을 짓고
깜찍한 문도 달았어요,
웬디 엄마, 말해 주세요,
또 무엇을 원하나요?"

웬디는 조금 더 욕심내어 한 번 더 노래했다.

"아, 그렇다면 다음으로는
무엇보다도 환한 창문을 달아 주세요,
장미가 안을 들여다보고,
아기가 밖을 내다볼 수 있게요."

아이들은 벽에 주먹을 날려서 창문을 만들었고, 큼직한 노란 잎을 커튼처럼 달았다. 하지만 장미는 어디에 있지?

"장미!" 피터가 단호하게 호통쳤다.

아이들은 얼른 가장 아름다운 장미가 벽을 타고 피어오른 것처럼 연기했다.

그러면 아기는?

피터가 아기도 만들라고 명령할까 봐 아이들은 허겁지겁 노래를 불렀다.


**"창을 들여다보는 장미를 만들었고,**

**아기는 문가에 있어요,**

**우리는 아기를 만들 수 없어요,**

**알잖아요,**

**우리가 바로 아기니까요."**


피터는 이 노랫말이 마음에 들어서 즉시 자기가 떠올린 노래인 것처럼 굴었다. 집은 꽤 아름다웠고, 틀림없이 웬디도 편안할 터였다. 피터는 집 주변을 성큼성큼 돌아다니며 마무리 손질을 지시했다. 예리한 눈길은 무엇 하나 놓치지 않았다. 집이 완벽하게 지어진 것 같은데도 피터는 흠을 꼬집었다.

"문을 두드리는 쇠고리가 없잖아."

아이들이 몹시 창피해하는데 투틀스가 신발 밑창을 내놓았다. 밑창은 쇠고리에 딱 알맞았다.

이제는 집이 흠잡을 데 없이 완성된 듯했다. 하지만 그럴 리가.

"굴뚝이 없잖아. 굴뚝은 꼭 있어야 해." 피터가 지적했다.

"확실히 굴뚝은 있어야 해." 존도 거만한 말투로 거들었다.

그러자 피터에게 좋은 생각이 떠올랐다. 피터는 존이 쓰고 있던 모자를 낚아채서 밑바닥을 뜯어내고 지붕에 얹었다. 작은 집은 이렇게 멋들어진 굴뚝이 생겨 무척 기뻤고, 마치 고맙다고 인사하듯 모자로 연기를 모락모락 피워 올렸다.

이제는 정말로, 진짜로 집이 완성되었다. 문을 두드리기만 하면 됐다.

"모두 가장 멋지게 보여야 해. 첫인상이 정말로 중요하단 말이야." 피터가 주의를 주었다.

피터는 아무도 첫인상이 무엇인지 묻지 않아서 흐뭇했다. 다들 최대한 멋지게 보이려고 맵시를 내는 데 정신이 팔려있었다.

피터는 품위 있게 문을 두드렸다. 숲도 아이들처럼 숨을 죽였고, 오직 팅커벨만이 나뭇가지에서 이 모습을 지켜보며 대놓고 코웃음 쳤다.

아이들은 문을 두드리는 소리에 과연 누구라도 답을 할지 궁금했다.

만약 숙녀가 답한다면, 어떤 모습일까?

문이 열리고 숙녀가 나왔다. 웬디였다. 아이들은 다 같이 모자를 다급히 벗었다.

깜짝 놀란 웬디는 아이들이 바라던 모습 그대로였다.

"여기가 어디지?" 웬디가 입을 열었다.

물론 가장 먼저 대답하려고 나선 아이는 슬라이틀리였다.

"웬디 아가씨, 아가씨를 위해 이 집을 지었어요." 슬라이틀리가 잽싸게 말했다.

"마음에 든다고 해 주세요." 닙스가 소리쳤다.

"정말 예쁘고 특별한 집이네." 아이들이 바라던 말 그대로였다.

"우리는 아가씨의 아이예요." 쌍둥이가 외쳤다.

그러자 아이들 모두 무릎을 꿇고 양팔을 내밀며 부르짖었다.

"웬디 아가씨, 우리 엄마가 되어 주세요."

"내가?" 웬디가 환한 얼굴로 말했다. "물론 그러면 정말 멋지겠지만, 너희들도 보다시피 나는 어린 여자애일 뿐이야. 아이를 키워 본 적도 없어."

"문제없어." 피터가 여기서 유일하게 이런 일을 잘 안다는 것처럼 나섰다. 하지만 피터는 이런 일을 가장 몰랐다.

"우리한테는 그냥 엄마처럼 다정한 사람이 필요한 거야."

"어머, 세상에! 그렇다면 내가 바로 그런 사람인 것 같아."

"맞아요, 정말이에요. 아가씨를 보자마자 한눈에 알아봤어요." 아이들이 입을 모아 소리쳤다.

"좋아, 최선을 다해 볼게. 당장 집 안으로 들어와, 이 말썽꾸러기 녀석들아. 보나 마나 발이 축축하겠지. 너희들을 재우기 전에 신데렐라 이야기를 들려주면 시간이 딱 맞겠구나."

아이들은 안으로 들어갔다. 어떻게 전부 들어갈 공간이 있는지 모르겠지만, 네버랜드에서는 누구든 함께 다닥다닥 붙어서 지낼 수 있다. 이렇게 잃어버린 소년들은 그날부터 수많은 저녁을 웬디와 즐겁게 보냈다.

그날 밤, 시간이 얼마쯤 흐르고 웬디는 아이들을 나무 아래 집의 큼지막한 침대에 눕힌 다음 작은 집에서 혼자 잠들었다. 피터는 밖에서 단검을 빼 들고 망을 보았다. 멀리서 해적이 술을 진탕 마시며 흥청거리는 소리와 늑대 떼가 먹이를 찾아 어슬렁거리는 소리가 들렸기 때문이었다. 어둠에 잠긴 작은 집은 무척 아늑하고 안전해 보였다. 커튼 사이로는 밝은 빛이 흘러나오고, 굴뚝에서는 연기가 모락모락 피어오르고, 피터 팬은 보초를 섰다.

얼마 있다가 피터는 잠에 빠졌다. 파티에서 진탕 먹고 마신 요정들이 비틀비틀 집으로 돌아가다가 피터를 타고 넘어갔다. 다른 아이가 밤에 요정의 길을 막았다면 한바탕 골탕을 먹였겠지만, 이번에는 그저 피터의 코만 살짝 비틀고 지나갔다.

# 07

# 땅속의 집

이튿날 피터 팬은 알맞게 속이 빈 나무를 찾으려고 웬디와 존, 마이클의 몸 크기를 맨 먼저 쟀다. 여러분도 기억하겠지만, 후크는 아이들이 각자 다른 나무 입구로 드나든다는 생각을 비웃었다. 하지만 후크가 뭘 몰라서 하는 말이다. 아이들은 몸집이 제각각인데, 나무가 몸에 딱 맞지 않으면 오르내리기 불편하다. 나무가 몸에 꼭 맞으면 입구에서 숨을 들이마신 뒤에 딱 적당한 속도로 내려갈 수 있다. 집에서 입구로 올라갈 때는 숨을 들이마시고 내쉬기를 반복하면서 꿈틀꿈틀 올라가면 된다. 이 동작이 완벽하게 몸에 배면 아무 생각 없이 나무를 쉽게 오르내릴 수 있다. 이보다 더 품위 있는 동작도 없을 것이다.

그러려면 몸이 나무에 딱 맞아야 한다. 피터는 알맞은 나무를 찾을 때면 옷을 맞출 때처럼 세심하게 치수를 잰다. 단 하나 차이점이 있다면, 옷을 지을 때는 사람 몸에 옷을 맞추지만, 나무를 찾을 때는 사람이 나무에 맞춰야 한다는 것이다.

대개는 사람이 나무에 맞춰서 옷을 더 껴입거나 벗어서 손쉽게 적당한 나무를 찾는다. 하지만 몸 어딘가가 이상하게 툭 튀어나왔거나 유일하게 몸에 맞는 나무가 별난 모양을 하고 있다면, 피터가 손을 써서 몸과 나무가 딱 맞도록 만들어 준다. 나무에 몸을 맞추고 나면, 앞으로도 잘 맞도록 대단히 신경 써야 한다. 그래서 온 식구가 몸 상태를 완벽하게 가꾼다. 웬디는 이 사실을 알고 흐뭇해했다.

웬디와 마이클은 단번에 알맞은 나무를 찾았지만, 존은 조금 손봐야 했다.

며칠 연습한 끝에 세 남매는 우물 속 두레박처럼 신나게 나무 속을 오르내릴 수 있었다. 땅속의 집을 향한 애정도 몹시 커졌다. 특히 웬디의 애정이 남달랐다. 땅속의 집은 커다란 방 하나로 이루어졌다. 낚시하러 가고 싶으면 땅바닥을 파서 벌레를 잡을 수 있었고, 방바닥에서 자라는 땅딸막하고 알록달록한 버섯을 의자로 쓸 수 있었다.

방 한가운데에는 네버나무 한 그루가 자라나려고 애썼지만, 아침마다 아이들이 바닥과 같은 높이로 톱질해 버렸다. 오후에 차 마시는 시간이면 나무는 늘 60cm 정도로 자랐지만, 아이들이 그루터기 위에 문짝을 얹어 탁자로 썼다. 차를 다 마시고 나면 아이들은 또 나무 몸통을 톱질해서 잘라 버리고 놀이 공간을 넓혔다.

방 어디서든 불을 지필 수 있는 거대한 벽난로도 하나 있었다. 웬디는 벽난로를 가로질러서 나무 수염뿌리로 만든 끈을 길게 매어 놓고 빨래를 널었다. 침대는 낮 동안 벽에 기대어 놓았다가 저녁 6시 30분이 되면 내려놓는데, 그러면 침대가 방을 거의 절반이나 차지했다. 마이클을 빼고는 모든 아이가 통조림 속 정어리처럼 침대에 누워서 잤다. 잘 때는 엄격한 규칙이 하나 있었다. 누구든 돌아눕고 싶으면 신호를 보내야 했고, 그러면 다 같이 한 번에 돌아누워야 했다. 원래는 마이클도 침대에서 함께 자야 했다. 하지만 웬디가 아기를 원했고, 마이클이 가장 어렸다. 여러분도 엄마들이 어떤지 잘 알 테지만, 마이클은 바구니 안에서 자야 했다.

땅속의 집은 소박하고 거칠었다. 똑같은 환경에서 새끼 곰이 땅속에 집을 지었어도 비슷한 모습이었을 것이다. 벽 한군데에는 새장만 한 크기로 우묵하게 파 놓은 곳이 있었다. 바로 팅커벨 전용 아파트였다. 자그마한 커튼을 치면 집의 나머지 공간과 분리되었는데, 이 세상 누구보다 까탈스러운 팅커벨은 옷을 입거나 벗을 때면 늘 커튼을 쳤다. 유달리 크기가 작기는 해도 이보다 더 아름답고 우아한 거실 겸 침실은 없을 것이다. 팅커벨이 언제나 소파라고 부르는 의자는 곤봉 형태 다리가 달린 진품 '퀸 매브'였다.

또 팅커벨은 철마다 다른 과일 꽃잎으로 침대보를 갈았다. 거울은 '장화 신은 고양이'였는데, 요정 상인들 말로는 이 상표 거울 중 이가 나가지 않은 제품은 단 세 개밖에 없다고 한다. 세면대는 뒤집어서 쓸 수도 있는 '파이 크러스트' 제품이었고, 서랍장은 '차밍 6세' 진품, 카펫과 깔개는 '마저리와 로빈'이 가장 뛰어난 품질을 자랑했던 초창기 상품이었다. 온 방에 빛을 비추기 위해 '티들리윙크스' 샹들리에도 달았지만, 당연히 팅커벨은 직접 빛을 내뿜어서 방을 밝혔다. 팅커벨은 자기 아파트 말고는 땅속의 집을 얕잡아보며 무시했다. 자기 아파트가 워낙 아름다우니 그럴 만도 했지만, 그래도 팅커벨의 아파트는 우쭐대며 코를 치켜들고 있는 것처럼 보였다.

팅커벨의 아파트는 웬디에게 특히나 황홀해 보였을 것이다. 걷잡을 수 없이 천방지축 날뛰는 아이들이 웬디에게 일거리를 잔뜩 안겨 주었기 때문이다. 정말로 몇 주 동안은 땅 위로 코빼기도 내밀 수 없었다. 그나마 저녁이 되어서야 양말 한 짝을 손에 쥐고 밖으로 나올 수 있었다. 게다가 정말 사실 그대로 말하는데, 웬디는 요리하느라 온종일 솥을 들여다보고 있어야 했다. 아이들은 주로 빵나무 열매 구이와 참마, 코코넛, 화덕에 구운 돼지고기, 마미나무 열매, 타파롤, 바나나를 먹었고, 조롱박에 포포를 담아 마셨다.

하지만 진짜로 음식이 차려질지, 아니면 음식이 있는 척 연기해야 할지 결코 알 수 없었다. 모두 피터 팬의 변덕에 달려 있었기 때문이다. 피터는 식사도 놀이라고 하면 음식을 먹었지만, 그저 배불리 먹으려고 배를 채우지는 않았다. 아이들은 배불리 먹는 일을 이 세상 무엇보다도 좋아했다. 그다음으로 좋아하는 일은 배불리 먹는 것에 관해 이야기하기였다. 그러나 피터에게 먹는 시늉은 너무나 진짜 같아서 밥 먹는 흉내를 내는 동안 배가 점점 불룩 솟아오를 정도였다. 이렇게 지내려니 아이들은 당연히 힘들었지만, 피터가 하자는 대로 따를 수밖에 없었다. 살이 너무 빠져서 몸에 딱 맞던 나무가 너무 헐거워졌다고 증명해야만 배를 잔뜩 채울 수 있었다.

웬디는 아이들이 모두 잠자리에 들고 난 후 해진 옷을 꿰매는 시간을 좋아했다. 웬디 말마따나 그제야 한숨 돌릴 짬이 생겼다. 그럴 때면 바느질감을 손에 쥐고 분주하게 아이들의 새 옷을 지었고, 무릎에는 천을 두 겹씩 덧댔다. 아이들이 어찌나 험하게 노는지 무릎 부분이 남아나지 않았다.

뒤꿈치마다 구멍이 난 양말로 빼곡하게 찬 바구니를 끼고 앉을 때는 두 팔을 번쩍 들고 외치기도 했다.

"어머나, 어떨 때는 혼자 사는 여자가 부럽다니까."

하지만 이렇게 소리쳐도 웬디의 얼굴은 환하게 빛났다.

웬디가 늑대를 길렀다는 말을 기억하는지? 늑대는 웬디가 네버랜드에 왔다는 사실을 금세 알아차리고 웬디를 찾아냈다. 둘은 마주치자마자 서로의 품에 뛰어들었다. 그 뒤로 늑대는 웬디가 어디를 가든 따라다녔다.

시간이 흐르면서 웬디는 남겨 두고 온 사랑하는 부모님을 자주 생각했을까? 참 어려운 질문이다. 네버랜드에서는 시간이 어떻게 흐르는지 말할 수 없기 때문이다. 네버랜드에서는 시간을 해와 달이 뜨고 지는 것으로 계산하는데, 해와 달이 영국 본토에서보다 훨씬 더 많았다. 어쨌거나 웬디는 엄마와 아빠를 그다지 걱정하지 않은 것 같다. 자기가 날아서 돌아올 수 있도록 엄마 아빠가 언제나 창문을 열어 두었으리라고 철석같이 믿고 마음을 놓았다.

하지만 웬디는 존이 부모님을 그저 한때 알았던 사람으로만 어렴풋이 기억하거나, 마이클이 자기를 진짜 엄마라고 여길 때마다 불안해졌다. 그럴 때면 은근히 겁도 났고 본분을 다해야 한다는 기특한 마음도 들어서 동생의 머릿속에 옛 기억을 심어 주려고 애썼다.

그래서 학교에서 쳤던 시험과 최대한 비슷하게 문제를 만들어 냈다. 다른 아이들도 무척 관심을 보이며 같이 시험을 치겠다고 졸라대다가

직접 석판을 만들어 와서 탁자에 둘러앉았다. 아이들은 웬디가 문제를 써 놓은 석판을 돌려 보면서 곰곰이 고민했다.

웬디가 만든 문제는 몹시 평범했다.

"엄마의 눈 색깔은 무엇이었을까요? 엄마와 아빠 중 누가 더 키가 컸을까요? 엄마의 머리카락은 금색이었을까요, 갈색이었을까요? 세 질문에 모두 답하세요."

"단어를 40개 이상 써서 지난 방학 때 한 일을 설명하거나, 엄마와 아빠의 성격을 비교해 보세요. 두 주제 가운데 하나만 쓰세요."

아니면 이런 문제도 있었다.

"(1) 엄마가 어떻게 웃는지 설명하세요. (2) 아빠가 어떻게 웃는지 설명하세요. (3) 엄마의 파티 드레스를 설명하세요. (4) 개집과 그곳에 사는 개를 설명하세요."

이처럼 시험 문제는 일상에 관한 질문이었고, 만약 답을 적을 수 없으면 X를 그어야 했다. 존이 X를 얼마나 많이 남겼는지 세어 보는 일은 정말이지 끔찍했다. 모든 문제에 답을 적은 아이는 당연히 슬라이틀리뿐이었다. 누구나 슬라이틀리가 1등이라고 생각했겠지만, 답이 너무나 터무니없어서 꼴등이었다. 참 서글픈 일이다.

피터는 시험을 치지 않았다.

웬디를 제외한 세상의 모든 엄마를 경멸하는 데다가 네버랜드에서 유일하게 글을 읽고 쓸 줄 모르기 때문이었다. 피터는 가장 간단한 단어조차 몰랐지만, 조금도 관심을 두지 않았다.

그나저나 웬디가 낸 시험 문제는 "엄마의 눈 색깔은 무엇이었을까요?"처럼 모두 과거 시제로 쓰여 있었다. 여러분도 눈치챘겠지만, 웬디역시 예전 기억이 가물거리고 있었다.

앞으로 살펴볼 테지만, 모험은 당연히 날마다 일어났다. 하지만 이번에 피터는 웬디의 도움으로 만든 새로운 놀이에 푹 빠졌다. 물론 이제까지 늘 그랬듯이, 또 여러분도 들었다시피, 피터는 어느 날 놀이에 관심을 뚝 끊지만 말이다.

아무튼 새로운 놀이는 모험하지 않는 척하기, 다시 말해 존과 마이클이 옛집에서 하던 장난을 따라 하는 일이었다. 의자에 앉아서 공을 공중으로 던져 올리거나, 서로를 밀치거나, 산책하러 나갔다가 회색곰 따위를 죽이지 않고 돌아오거나 하는 식이었다. 피터가 의자에 앉아 꼼짝도 하지 않는 모습은 정말이지 볼만했다. 그럴 때면 피터는 엄숙한 표정을 꾸며낼 수밖에 없었다. 가만히 앉아 있기란 무척 우스꽝스러웠기 때문이다. 피터는 그저 건강을 위해 산책을 다녀왔다고 으스대기도 했다. 며칠 동안은 이 놀이가 피터에게 가장 신선한 모험이었다.

존과 마이클은 이 놀이가 재미있는 척해야 했다. 안 그랬다가는 피터가 못살게 굴었을 것이다.

피터는 종종 혼자서 밖으로 나갔는데, 과연 모험을 즐겼는지 아닌지 누구도 확실하게 알 수 없었다. 모험에 뛰어들었다가도 새까맣게 잊어버렸는지 잠자코 있을 때도 있었다. 그럴 때 밖에 나가 보면 시체가 있었다. 반대로 피터가 모험이 어땠는지 한껏 떠들었는데, 밖에 나가 보면 아무 시체가 없을 때도 있었다.

가끔 피터는 머리에 붕대를 감고 집에 돌아오곤 했다. 그러면 웬디가 다정하게 구슬려서 미지근한 물로 상처를 닦아 주었고, 그러는 동안 피터는 아찔한 모험 이야기를 풀어 놓았다. 웬디는 피터의 이야기를 무턱대고 믿지는 않았다. 그래도 어떤 모험은 실제로 벌어졌다는 사실을 잘 알았다. 웬디도 함께 겪었기 때문이다. 적어도 일부는 진실인 모험도 많았다. 다른 아이들이 다 같이 겪고 나서 정말 있었던 일이라고 알려 주기도 했다.

피터 팬의 모험을 빠짐없이 설명한다면 영어-라틴어 사전이나 라틴어-영어 사전만큼 두꺼운 책이 나올 것이다. 그러니 네버랜드의 평범한 시간을 보여 주는 모험을 딱 하나만 이야기하는 편이 최선이다. 하지만 어떤 모험을 골라야 할까?

슬라이틀리 협곡에서 인디언과 충돌했던 일을 말해야 할까? 피 튀기는 싸움이 벌어진 데다가 피터의 남다른 버릇이 드러나서 유달리 흥미로운 사건이니까. 피터는 싸우는 도중에 뜬금없이 편을 바꾸는 버릇이 있었다.

협곡에서 전세가 이쪽으로 기울었다가 다시 저쪽으로 기울면서 양쪽이 팽팽하게 힘을 겨루던 순간, 피터가 고함쳤다. "난 오늘 인디언이야. 투틀스, 넌 뭐야?" 그러자 투틀스가 대답했다. "인디언이지. 닙스, 넌 뭐야?" 그러자 닙스도 대답했다. "인디언이지. 쌍둥이, 너희는 뭐야?" 이렇게 이어지며 아이들은 모두 인디언이 되었다. 이렇게 싸움이 끝날 수도 있었지만, 피터의 방식이 마음에 쏙 들었던 진짜 인디언이 그 순간만큼은 잃어버린 소년들이 되겠다고 동의하는 바람에 다시 결투가 그 어느 때보다 더 치열하게 벌어졌다.

이 모험의 놀라운 결말은…. 잠깐, 우리는 아직 이 모험을 이야기할지 말지 결정하지 않았다. 인디언이 한밤중에 땅속의 집을 기습한 사건을 말하는 편이 더 나을지도 모르겠다. 그때 인디언 몇 명이 텅 빈 나무에 오도 가도 못하고 끼는 바람에 코르크 마개를 뽑듯이 빼내야 했다. 아니면 피터가 인어의 호수에서 타이거 릴리의 목숨을 구하고 자기편으로 만든 사건을 이야기해도 좋겠다.

또 아니면 해적이 아이들을 해치려고 케이크를 만든 사건을 설명하면 어떨까? 해적은 번번이 교묘한 장소에 케이크를 가져다 두었지만, 언제나 웬디가 아이들 손에서 케이크를 낚아챘다. 시간이 지나 케이크가 말라서 돌처럼 딱딱하게 굳으면 아이들이 대포알처럼 날려 버렸다. 그 바람에 후크는 어둠 속에서 케이크에 걸려 넘어졌다.

피터와 친구로 지내는 새들, 특히 호수 위로 드리워진 나뭇가지에 둥지를 지은 네버새를 이야기해도 괜찮겠다. 둥지가 호수에 빠졌는데도 새는 계속 알을 품었고, 피터는 새를 방해하지 말라고 명령을 내렸다. 이 마음 따뜻한 이야기의 결말에서 새는 은혜를 갚았다. 그런데 이 사건을 이야기하려면 호수에서 일어난 모험을 몽땅 이야기해야 하는데, 그것도 하나가 아니라 두 가지나 된다.

길이는 더 짧지만, 호수 이야기에 못지않게 흥미진진한 모험도 있다. 팅커벨이 길거리의 요정에게 도움을 받아 잠든 웬디를 커다란 나뭇잎에 실어서 영국 본토까지 흘려보내려고 했던 사건이다. 다행히 나뭇잎이 물에 잠기면서 웬디가 깨어났고, 그저 목욕 시간인 줄로만 알고 헤엄쳐서 돌아왔다.

피터가 사자 무리에 도전했던 일도 있다. 그때 피터는 화살로 주위 땅바닥에 원을 그려 놓고 사자에게 넘어올 테면 넘어오라고 도발했다.

다른 아이들과 웬디가 나무에 올라가서 숨죽이고 지켜보는 가운데 피터가 몇 시간이나 기다렸지만 어떤 사자도 감히 도전을 받아들이지 못했다.

이 중에서 어떤 모험을 골라야 할까? 무엇이든 선택할 때는 동전 던지기가 최선이다.

동전을 던졌더니 호수 이야기가 뽑혔다. 협곡 전투나 케이크, 팅커벨의 나뭇잎 사건이 뽑히기를 바란 사람도 있을 테다. 물론 동전을 한 번 더 던져서 세 이야기 중 하나를 고를 수도 있다. 하지만 호수에서 벌어진 모험 이야기를 풀어 놓는 편이 가장 공평할 것이다.

# 08

# 인어의 호수

눈을 감아 보라. 만약 운이 좋다면 아무런 형태도 없이 은은한 색깔에 물든 웅덩이가 어둠 속에 떠 있는 모습이 가끔 보일 것이다. 눈을 더 꼭 감으면 웅덩이에 형태가 생기며 색깔이 생생해질 것이고, 한 번 더 눈을 꼭 감으면 색깔이 불타오르듯 선명해질 것이다.

이렇게 불타오르기 직전, 호수가 보인다. 본토의 육지에서는 호수에 이보다 더 가까이 다가갈 수 없고, 천국에 와 있는 듯한 단 한 순간에만 머물 수 있다. 만약 잠깐이라도 호수에 더 머물 수만 있다면 파도가 철 썩이고 인어가 노래하는 소리까지 들을 수 있을지도 모른다.

아이들은 이 호수에 와서 헤엄치거나, 물 위를 둥둥 떠다니거나, 물속 에서 인어 놀이를 하며 긴 여름 낮을 보내곤 했다. 그렇다고 인어와 아이들이 친하다고 생각하면 안 된다. 오히려 그 반대였다.

웬디는 네버랜드에서 지낼 적에 인어에게서 한 번도 상냥한 말을 듣지 못해 못내 아쉬워했다. 웬디는 호수 가장자리로 가만가만 걸어갔다가

인어가 '버려진 자의 바위' 위에 무리 지어 앉아 있는 모습을 보곤 했다. 바위에서 햇볕 쬐기를 즐기는 인어는 심통이 날 정도로 한가롭게 머리를 빗고 있었다. 웬디는 발끝으로 살금살금 걷듯이 헤엄쳐서 인어의 코 앞까지 다가간 적도 있었지만, 인어는 웬디를 보자마자 일부러 꼬리를 움직여서 웬디에게 물을 첨벙 튀기며 물속으로 뛰어들었다.

인어는 남자아이한테도 똑같이 대했다. 물론 피터는 예외였다. 피터는 버려진 자의 바위에서 인어와 몇 시간이고 수다를 떨었고, 인어가 건방지게 까불면 꼬리를 깔고 앉았다. 피터는 웬디에게 인어가 쓰는 빗을 하나 선물했다.

인어는 달이 떠오를 때 묘한 울음소리를 길게 뽑아내는데, 그 모습을 보면 결코 잊을 수 없다. 그때 호수는 죽음이라는 운명을 피하지 못하는 인간에게 위험해진다. 그래서 지금 이야기하려는 '그 저녁'이 찾아오기 전까지, 웬디는 한 번도 달빛이 비친 호수를 보지 못했다. 웬디 곁에는 당연히 피터가 있었을 테니 두려워서는 아니었다. 진짜 이유는 누구든 저녁 7시에는 자러 가야 한다고 엄격한 규칙을 정해 두었기 때문이었다.

그래도 비가 그친 뒤 화창하게 갠 날에는 자주 호수로 나갔다. 그런 날이면 인어가 보기 드물게 많이 몰려와서 물방울을 가지고 놀았다.

인어는 무지개에서 떨어진 색색의 물방울을 축구공처럼 꼬리로 튀기며 신나게 주고받았고, 물방울이 터지기 전에 무지개 안으로 넣으려고 했다. 무지개의 양쪽 끝이 골문이었고, 골키퍼만 양손을 쓸 수 있었다. 때로는 인어 수백 마리가 한꺼번에 호수에서 공을 튀기며 놀았는데, 그 광경이 몹시 근사했다.

아이들이 인어들 틈에 끼어서 놀려고 해도 결국에는 따로 놀 수밖에 없었다. 아이들이 끼어드는 순간 인어들이 몸을 숨겼기 때문이다. 그렇지만 인어가 이 침입자들을 몰래 지켜보다가 놀이를 따라 한다는 증거가 있다. 존이 물방울을 손 대신 머리로 치는 방법을 아이들에게 소개했는데, 인어 골키퍼가 그걸 따라 하는 게 아닌가. 이처럼 공을 때리는 방법은 존이 네버랜드에 남긴 유일한 흔적이다.

아이들이 점심을 먹고 30분 정도 호숫가 바위에서 쉬는 모습도 틀림없이 아름다웠을 것이다. 웬디는 아이들이 밥을 먹고 나면 꼭 쉬어야 한다고 우겼는데, 점심을 먹는 시늉만 했더라도 진짜로 쉬어야 했다. 아이들이 햇볕에 몸을 반짝이며 드러누우면 웬디가 진지한 얼굴로 곁에 앉아 있었다.

그날도 아이들은 버려진 자의 바위에 모여 있었다. 이 바위는 땅속의 집 침대보다 작았지만, 아이들은 자리를 많이 차지하지 않고 눕는 법을

잘 알았다. 아이들은 살포시 잠에 빠지거나 눈을 감고 누워 있었고, 이 따금 웬디가 보지 않는 것 같으면 서로를 꼬집어 댔다. 아이들이 그러는 동안 웬디는 바느질에 열중했다.

바로 그 순간, 호수에 변화가 찾아왔다.

어렴풋한 떨림이 호수를 스치며 지나갔고, 해가 물러나며 그림자가 슬며시 호수를 가로지르더니 추위가 밀려왔다. 바늘에 꿴 실이 보이지 않아서 웬디가 고개를 들었더니 늘 웃음꽃이 만발하던 호수가 무시무시하고 험악하게 바뀌어 있었다.

웬디는 아직 밤이 아니라는 걸 잘 알았다. 하지만 밤처럼 어두컴컴한 것이 다가왔다. 아니, 밤보다 더 무서운 존재였다. 이 존재는 아직 도착하지는 않았지만, 바다를 통해 떨림을 보내서 자기가 오고 있다고 알렸다. 대체 무엇일까?

버려진 자의 바위에 얽힌 갖가지 이야기가 웬디의 머릿속에서 와글거리며 떠올랐다. 사악한 해적 선장들이 선원을 이 바위에 버리기 때문에 버려진 자의 바위라는 이름이 붙었고, 밀물이 밀려들면 바위가 물에 잠겨서 선원은 죽을 수밖에 없었다는 이야기였다.

웬디는 당장 아이들을 깨워야 했다. 미지의 존재가 슬금슬금 다가오고 있었을 뿐만 아니라 차가워진 바위에 계속 누워 자면 좋을 게 없었다.

하지만 웬디는 어린 엄마여서 이런 사실을 몰랐다. 그저 '점심을 먹고 나서 30분 동안 낮잠을 잔다'는 규칙을 반드시 지켜야 한다고만 생각했다. 그래서 두려움이 밀려오고 아이들 목소리가 간절하게 듣고 싶었지만, 누구도 깨우지 않았다. 희미하게 노 젓는 소리가 들려오고 당장에라도 기절할 것 같았어도 가만히 있었다. 그저 아이들을 곁에서 지켜보며 자도록 내버려 두었다. 용감하지 않은가?

다행히 잠든 아이 가운데는 자다가도 위험한 낌새를 알아차리는 소년이 있었다. 피터는 잠에서 깬 개처럼 벌떡 일어나서 위험을 경고하는 외침으로 아이들을 깨웠다.

피터는 미동도 없이 우뚝 서서 한 손을 귀에 가져다 대며 집중했다.

"해적이다!"

피터가 소리치자 다른 아이들이 가까이 모여들었다. 웬디는 피터의 얼굴에서 번져 나가는 묘한 웃음을 보고 몸서리쳤다. 피터가 그런 웃음을 지을 때면 그 누구도 감히 말을 걸지 못했고 그저 명령이 떨어지기만을 기다렸다. 마침내 피터가 단호하고 분명하게 명령했다.

"물로 들어가!"

아이들의 다리가 번뜩 비치더니 순식간에 호수가 텅 비었다. 버려진 자의 바위 역시 버림받은 듯 으스스한 호수에 홀로 서 있었다.

조각배가 더 가까이 다가왔다. 해적이 쓰는 이 작은 배에 스미와 스타키, 포로가 타고 있었는데, 포로는 다름 아닌 인디언 추장의 딸 타이거 릴리였다. 손발이 묶인 타이거 릴리는 자기에게 어떤 운명이 닥칠지 알았다. 곧 버려진 자의 바위에 버려질 것이다. 타이거 릴리의 부족은 이런 죽음을 불에 타거나 고문 받다가 맞는 죽음보다 더 비참하게 여겼다. 물을 통해서는 천국의 복된 사냥터로 갈 수 없다고 부족의 책에 적혀 있기 때문이다. 하지만 타이거 릴리는 아무런 감정도 드러내지 않았다. 추장의 딸답게 죽음을 받아들여야 했다. 그것으로 충분했다.

타이거 릴리는 입에 단검을 물고 해적선에 오르다가 붙잡혔다. 그때 배에는 망을 보는 선원이 아무도 없었다. 후크는 널리 떨친 자기의 악명 때문에 누구도 해적선의 사방 1.5km 이내로 얼씬하지 못한다고 뿌듯해했다. 그러니 이제 타이거 릴리의 운명이 후크의 악명을 한층 더 키울 터였다. 그날 밤 다시 한번 울부짖는 소리가 바람을 타고 울려 퍼지리라.

해적선이 몰고 온 어둠 탓에 스미와 스타키는 바위를 알아보지 못하고 그만 부딪혔다.

"뱃머리를 바람 불어오는 쪽으로 돌려, 이 돌대가리야." 스미가 아일랜드 억양으로 소리쳤다.

"바위에 다 왔어. 이제 이 인디언이 물에 빠져 죽게 바위에 묶으면 돼."

아름다운 소녀를 바위에 버리는 잔인한 순간이 다가왔다. 하지만 콧대 높은 타이거 릴리는 저항하지 않았다.

그런데 바위와 꽤 가깝지만 해적 눈에 보이지 않는 곳에서 머리 두 개가 오르내렸다. 바로 피터와 웬디였다. 웬디는 태어나 처음 보는 비극적 장면을 보며 울고 있었다. 피터는 이런 비극을 수도 없이 보았지만, 전부 잊어버렸다. 웬디만큼 타이거 릴리를 안쓰럽게 여기지도 않았다. 하지만 비겁하게 두 사람이 한 사람을 상대한다는 사실에 화가 나서 타이거 릴리를 구하기로 마음먹었다. 해적이 물러갈 때까지 기다리기만 하면 손쉽게 구할 수 있겠지만, 피터는 절대 쉬운 길을 선택하지 않았다.

못 하는 일이 없는 피터는 후크의 목소리를 흉내 냈다.

"어이, 거기 얼간이들." 피터의 목소리는 감쪽같았다.

"선장님이잖아." 해적 둘이 깜짝 놀라서 서로를 바라보았다.

"우리 쪽으로 헤엄쳐 오고 있나 봐." 주위를 둘러보아도 후크가 보이지 않자, 스타키가 말했다.

"인디언을 바위에 내려놓는 참입니다." 스미가 외쳤다.

"포로를 풀어 줘." 믿지 못할 대답이 돌아왔다.

"풀어 주라고요?"

"그래, 밧줄을 끊고 놓아줘."

"하지만 선장님…."

"냉큼 시키는 대로 하지 않으면 네놈한테 갈고리를 박아 주마."

"이상한데." 스미가 헐떡이며 힘들게 말을 뱉었다.

"명령대로 하는 게 낫겠어." 스타키가 불안한 목소리로 말을 받았다.

"네, 알겠습니다." 스미가 대답하고는 타이거 릴리를 묶은 밧줄을 잘랐다. 타이거 릴리는 곧바로 뱀장어처럼 스타키의 다리 사이로 빠져나가서 물속으로 뛰어들었다.

웬디는 피터의 영리한 꾀를 보고 신바람이 났다. 하지만 피터가 한껏 의기양양해져서 꼬끼오 소리를 내지르다가 정체를 들킬까 봐 손을 뻗어 피터의 입을 막으려고 했다. 그런데 웬디의 손이 허공에서 멈추었다.

"어이, 거기 배!"

피터는 아무 말도 하지 않았는데 후크의 목소리가 호수 너머에서 울려 퍼졌다. 신나서 소리를 지르려던 피터도 깜짝 놀라서 표정을 일그러뜨렸다.

"이봐, 거기 배!" 후크가 다시 외쳤다.

그제야 웬디는 이해했다. 진짜 후크도 물속에 있었다.

후크는 조각배를 향해 헤엄쳐 오고 있었고, 부하들이 비추어 준 등불로 길을 찾아서 곧 도착했다. 등불 덕분에 웬디는 후크의 갈고리 손이 뱃전에 걸리는 모습을 보았다. 악의가 서린 거무스름한 얼굴이 물을 뚝뚝 흘리며 떠오르는 모습도 놓치지 않았다. 두려움에 몸서리친 웬디는 헤엄쳐서 달아나고 싶었지만, 피터는 한 발짝도 움직이지 않을 것 같았다. 피터는 힘이 넘쳐나서 근질근질했고, 자존심도 하늘 높은 줄 몰랐다.

"나 멋지지 않아? 아, 난 정말 대단해!" 피터가 웬디에게 속삭였다.

웬디도 맞장구쳤지만, 자기 말고는 아무도 그 말을 듣지 못해 피터의 평판을 지킬 수 있어서 참 다행이라고 생각했다.

피터는 웬디에게 귀를 기울여 보라고 손짓했다.

스미와 스타키는 후크 선장이 왜 여기까지 왔는지 몹시 궁금했지만, 후크는 갈고리에 턱을 괸 채 앉아서 깊은 상념에 빠져들었다.

"선장님, 괜찮으십니까?" 둘이 쭈뼛거리며 물었지만, 후크는 공허한 신음으로만 답할 뿐이었다.

"한숨을 쉬는데." 스미가 말했다.

"또 한숨을 쉬는데." 스타키가 말을 받았다.

"세 번째로 한숨을 쉬잖아." 스미가 다시 말했다.

"무슨 일입니까, 선장님?"

그러자 후크가 마침내 벌컥 화를 내며 대꾸했다.

"다 끝났어. 녀석들이 엄마를 구했어."

웬디는 두려움에 벌벌 떠는 와중에도 뿌듯함에 가슴이 부풀었다.

"이런, 재수에 옴 붙었네요." 스타키가 소리쳤다.

"엄마가 뭐야?" 일자무식 스미가 물었다.

웬디는 아연실색해서 "엄마가 뭔지 모른대!"라고 소리쳤다. 이날 이후로 늘 웬디는 애완 해적을 가질 수 있다면 스미를 고르겠다고 생각했다.

후크가 깜짝 놀라서 "무슨 소리지?"라고 외치자 피터가 웬디를 물 아래로 황급히 끌어당겼다.

"아무 소리도 못 들었는데요." 스타키가 등불을 수면 위로 비추었다. 그때 해적들은 이상한 것을 보았다. 전에 이야기했던 새 둥지였다. 호수 위를 둥둥 떠다니는 둥지에 네버새가 앉아 있었다.

"봐라." 후크가 스미의 질문에 대답했다.

"저게 엄마다. 교훈 한번 훌륭하군. 둥지가 물에 빠졌지만 어미가 알을 버릴 것 같으냐? 천만에." 후크의 목소리가 갈라졌다. 순수했던 시절이 문득 떠오르기라도 한 것 같았다.

하지만 이내 갈고리로 나약한 마음을 훌훌 털어버렸다.

크게 감동한 스미는 둥둥 떠가는 둥지 속 새를 물끄러미 바라보았다. 하지만 의심 많은 스타키가 입을 열었다.

"그런 게 엄마라면, 녀석의 엄마도 녀석을 지키려고 여기서 얼쩡거리는 게 아닐까요?"

후크가 움찔하며 놀랐다. "맞아, 그게 불안한 거야."

하지만 의기소침했던 후크는 스미의 열띤 목소리에 기운을 되찾았다.

"선장님, 그 녀석들의 엄마를 잡아다가 우리 엄마로 삼을 수 없을까요?"

"기가 막힌 생각이군." 머리가 비상한 후크는 즉시 구체적인 계획을 세웠다.

"아이들을 잡아서 배로 데려가도록 하지. 사내놈들은 뱃전 밖으로 걸친 널빤지 위를 걷게 해서 물에 빠뜨려 죽이고, 웬디는 우리 엄마로 삼으면 돼."

이번에도 웬디는 발끈 화냈다.

"안 돼!" 웬디가 소리치고는 물속으로 쏙 숨었다.

"방금 무슨 소리였지?"

하지만 아무것도 보이지 않았다. 해적 셋은 나뭇잎이 바람에 스치는 소리라고 생각했다.

"나의 부하들이여, 계획이 어떤가?" 후크가 물었다.

"맹세코 계획대로 따르겠습니다." 스미와 스타키가 동시에 말했다.

"나도 내 갈고리를 걸고 맹세하지."

세 사람 모두 계획을 지키겠노라고 맹세했다. 그때 셋은 바위 위에 올라가 있었는데, 후크에게 타이거 릴리 생각이 불쑥 떠올랐다.

"그 인디언은 어디에 있나?" 후크가 퉁명스럽게 물었다.

후크는 이따금 재미있는 농담을 던지곤 했고, 스미와 스타키는 이번에도 후크가 농담한다고 생각했다.

"다 잘됐습죠." 스미가 혼자서 흐뭇하게 대답했다. "풀어 줬지요."

"풀어 줬다고!" 후크가 고함 질렀다.

"그, 그렇게 분부하셨잖습니까." 갑판장 스미가 더듬거렸다.

"호수 건너편에서 풀어 주라고 외치셨잖아요." 스타키도 거들었다.

"대체 무슨 헛소리야. 어딜 감히 날 속이려고!" 분노에 차서 호통치는 후크의 얼굴이 흙빛으로 변했다. 하지만 이내 후크는 부하가 거짓말하지 않았다는 사실을 깨닫고는 경악했다.

"이놈들아, 나는 그런 명령을 내리지 않았어."

후크의 목소리가 가늘게 떨렸다.

"이상한데요." 스미가 말했다.

해적 모두 안절부절못하며 몸을 비틀었다. 후크가 언성을 높였지만, 여전히 목소리가 떨렸다.

"오늘 밤, 이 칠흑 같은 호수를 배회하는 영혼이여, 내 말이 들리는가?"

피터는 잠자코 입을 다물어야 했지만, 당연히 입을 다물지 않았다. 피터는 곧장 후크의 목소리로 대꾸했다.

"물론, 이 어리석은 것들아. 똑똑히 들린다."

이 소름 끼치는 순간에도 후크는 낯빛 하나 변하지 않았다. 하지만 스미와 스타키는 겁에 질려서 서로 부둥켜안았다.

"너는 누구냐, 낯선 이여? 대답하라." 후크가 다시 물었다.

"나는 졸리 로저호의 선장 제임스 후크다." 목소리가 대답했다.

"아니, 아니야." 후크가 거친 목소리로 외쳤다.

"대체 무슨 헛소리야. 한 번만 더 그따위로 지껄여 보아라. 네놈을 수장시켜 주마." 목소리가 쏘아붙였다.

후크는 비위를 맞추려는 태도로 바꾸었다.

"당신이 후크라면 나는 누구입니까? 말해 보시오."

후크의 말투는 겸손하게 들릴 지경이었다.

"대구. 고작 생선일 뿐이지." 목소리가 답했다.

"대구라고!" 후크가 멍하니 되뇌었다. 그때까지 단 한 번도 꺾인 적 없이 도도했던 후크의 기세가 꺾이고 말았다. 부하 둘이 뒤로 물러서는 모습마저 눈에 들어왔다.

"이제까지 대구를 선장으로 모시고 살았어! 자존심이 구겨지는구먼." 스미와 스타키가 중얼거렸다.

이 말은 개가 주인을 문 것이나 다름없었지만, 후크는 비극의 한가운데 서서도 부하가 어떻게 나오는지 거들떠보지 않았다. 이처럼 두려운 상황에서 후크에게 필요한 것은 부하의 믿음이 아니라 자기 자신의 믿음이었다. 하지만 몸에서 자아가 빠져나가는 느낌이 들었다.

"날 버리지 마, 이 악한 녀석아." 후크가 자아를 향해 거친 목소리로 속삭였다.

위대한 해적이라면 누구나 그렇듯, 후크도 어두운 본성 속에 여성스러운 면이 있었다. 가끔은 이 여성스러운 면 덕분에 직관이 번뜩이기도 했다. 난데없이 후크는 스무고개 놀이를 제안했다.

"후크, 다른 목소리를 낼 수 있나?" 진짜 후크가 물었다.

피터는 절대로 놀이를 마다하지 않았다.

그래서 태평하게 원래 목소리로 대답했다.

"물론이지."

"다른 이름도 있나?"

"그럼."

"채소인가?"

"아니."

"광물인가?"

"아니."

"동물인가?"

"맞아."

"어른인가?"

"아니!" 가소롭다는 듯한 대답이 울려 퍼졌다.

"소년인가?"

"맞아."

"평범한 소년?"

"아니!"

"대단한 소년?"

웬디가 속을 태우고 있는데 다시 대답이 크게 울렸다.

"맞아."

"영국에 사나?"

"아니."

"여기에 사나?"

"맞아."

후크는 도무지 감이 잡히지 않았다.

"너희가 물어봐." 후크는 땀에 젖은 이마를 훔치며 부하에게 질문을 넘겼다.

스미가 곰곰이 생각하더니 아쉽다는 듯 말했다.

"물어볼 게 하나도 안 떠오르는데요."

"못 맞추네, 못 맞춰." 피터가 의기양양하게 조롱했다.

"포기할 테냐?" 피터는 이렇게 우쭐대다가 놀이에 너무 깊이 빠져들었고, 악당은 그 틈을 놓치지 않았다.

"좋아, 포기할게." 해적들이 열띤 목소리로 대답했다.

"그렇다면 알려 주지. 나는 피터 팬이다."


피터 팬!

후크는 곧바로 자신감을 되찾았고, 스미와 스타키는 다시 후크의 충성스러운 부하로 돌아왔다.

"이제 녀석을 잡는다." 후크가 소리쳤다.

"스미, 물로 들어가. 스타키, 배를 지켜. 죽여도 좋으니 무조건 붙잡아와."

후크가 훌쩍 뛰어올랐다.

그리고 그와 동시에 피터가 활기차게 아이들에게 외쳤다.

"다들 준비됐어?"

"네." 호수 곳곳에서 대답이 들려왔다.

"그러면 해적을 혼내 주자."

싸움은 짧고 강렬했다. 맨 먼저 해적을 벤 아이는 존이었다. 존은 용감하게 조각배로 기어 올라가서 스타키를 붙잡았다. 치열한 몸싸움이 벌어졌고, 그 와중에 스타키가 단검을 놓쳤다. 스타키는 꿈틀거리며 빠져나와 배 밖으로 몸을 던졌고, 존은 스타키를 뒤쫓아서 물로 뛰어들었다. 그러자 배가 떠내려가 버렸다.

수면 이곳저곳에서 머리가 불쑥 솟아올랐고, 칼이 번뜩이며 비명이나 함성이 뒤따랐다. 혼란 속에서 일부는 자기편을 공격했다. 스미는 코르크 따개로 투틀스의 네 번째 갈비뼈를 찔렀지만, 결국 컬리에게 찔렸다.

바위에서 멀리 떨어진 곳에서는 스타키가 슬라이틀리와 쌍둥이를 거세게 밀어붙이고 있었다.

그동안 피터 팬은 어디에 있었을까? 피터는 더 커다란 승부를 찾아다녔다.

다른 아이들 모두 용감했으니 해적 선장에게서 도망쳤다고 탓해서는 안 된다. 하지만 후크는 물속에서 원을 그리며 쇠갈고리를 휘둘렀고, 아이들은 겁에 질린 물고기처럼 달아났다.

그런데 후크를 두려워하지 않는 아이가 한 명 있었다. 그 아이는 후크의 갈고리가 그리는 원 안으로 들어갈 기회를 호시탐탐 노렸다.

묘하게도 둘이 마주친 곳은 물속이 아니었다. 후크는 숨을 돌리려고 바위로 올라왔고, 동시에 피터도 반대편으로 올라왔다. 바위가 공처럼 미끄러워서 둘은 엉금엉금 기어야 했다. 그래서 상대가 반대편에서 똑같이 올라오고 있다는 사실을 몰랐다. 붙잡을 곳을 더듬어 찾던 둘은 상대의 팔을 잡았다. 둘은 깜짝 놀라서 고개를 들었고 서로 얼굴이 닿을 뻔했다. 둘은 바로 이렇게 만났다.

몇몇 걸출한 영웅들도 중요한 결투를 시작하기 직전에는 심장이 철렁 내려앉는다고 고백한다. 피터 역시 그 순간에 겁을 집어먹었더라도 이해할 만하다.

어쨌거나 후크는 존 실버가 유일하게 두려워했던 자이니 말이다. 하지만 피터는 심장이 철렁 내려앉지 않았고, 그저 기쁘기만 했다. 기쁨을 주체하지 못한 피터는 귀여운 이를 바드득 갈았다. 그러고는 눈 깜짝할 새에 후크의 허리띠에서 단검을 낚아챘다. 그 검을 후크에게 찌르려던 순간, 피터는 자기가 상대보다 더 높은 곳에 있다는 사실을 알아차렸다. 한쪽이 높은 곳에 있다면 공평한 결투가 아닐 터. 피터는 후크가 올라올 수 있도록 손을 내밀었다.

바로 그때, 후크가 피터를 물어뜯었다.

피터는 멍해졌다. 아파서가 아니라 후크의 비겁한 태도에 얼이 빠져서였다. 충격으로 힘이 쭉 빠져서 그저 바라보고 있을 수밖에 없었다. 처음으로 부당한 대우를 받으면 어떤 아이든 이처럼 크게 충격받는다. 아이는 자기가 공정하게 대우받을 권리가 있다고 생각한다. 누가 부당하게 대하더라도 다시 그 사람을 사랑하겠지만, 더는 예전의 아이가 아닐 것이다. 처음으로 겪는 부당한 대우를 잊는 사람은 없다. 하지만 피터 팬은 예외였다. 피터는 종종 부당한 일을 겪었지만, 항상 잊어버렸다. 이것이야말로 피터 팬이 보통 사람과 정말로 다른 점이 아닐까 싶다.

그래서 피터는 이처럼 비겁한 처사를 마주하고선 꼭 처음 당하는 일이라고 느꼈다. 그저 손 놓고 멍하니 후크를 바라볼 수밖에 없었다.

그러자 쇠갈고리 손이 피터를 두 번째로 할퀴었다.

얼마 후, 다른 아이들은 후크가 물속에서 배를 찾아 난폭하게 허우적 거리는 모습을 보았다. 후크의 사악한 얼굴은 의기양양하게 들떠 있기 는커녕 공포로 새하얗게 질려 있었다. 악어에게 집요하게 쫓기고 있었 기 때문이다. 평소라면 아이들은 근처에서 헤엄치며 환호했겠지만, 지 금은 피터와 웬디 모두 보이지 않아서 불안에 떨었다. 아이들은 둘의 이 름을 부르며 호수를 샅샅이 뒤졌다. 해적의 조각배를 발견해 타고 가면 서 "피터, 웬디."라고 외쳤지만, 인어의 조롱 섞인 웃음만 되돌아올 뿐이 었다.

"헤엄치거나 날아서 집에 돌아올 거야." 아이들은 이렇게 결론 내렸 다. 워낙 피터를 깊이 믿었던 터라 크게 걱정하지 않았다. 아이들은 정 말 아이답게 킬킬거렸다. 자러 갈 시간이 지났는데도 아직 깨어 있다니, 전부 웬디 엄마 잘못이야!

아이들의 목소리가 차츰 멀어지고, 호수에는 차가운 정적이 감돌았 다. 그때 희미한 외침이 들려왔다.

"도와줘, 도와줘!"

자그마한 형체 둘이 바위에 부딪히고 있었다. 소녀는 정신을 잃고 소 년의 품에 안겨 있었다.

피터는 마지막 힘을 짜내어 웬디를 바위로 밀어 올리고 그 곁에 누웠다. 점점 눈앞이 흐려지는데 물이 차오르는 광경이 보였다. 곧 물에 빠져 죽으리라는 사실을 알았지만, 할 수 있는 일이 없었다.

둘이 나란히 누워 있는데 인어가 웬디의 발을 붙잡고 스르르 물속으로 끌어당겼다. 웬디가 곁에서 미끄러져 나가는 걸 느낀 피터는 깜짝 놀라서 정신을 차렸고, 가까스로 웬디를 다시 끌어올렸다. 이제는 웬디에게 진실을 말해야 했다.

"웬디, 우리는 지금 바위 위에 있어. 자리가 계속 좁아지고 있어서 곧 물에 잠길 거야."

"그럼 가야지."

웬디는 아직도 상황을 이해하지 못해서 명랑하게 들릴 정도로 밝은 목소리로 말했다.

"그래." 피터가 들릴 듯 말 듯 대답했다.

"헤엄쳐서 가, 아니면 날아서 가?"

이제는 정말로 진실을 말해야 했다.

"웬디, 혼자서 헤엄치거나 날아서 섬까지 갈 수 있겠어?"

그러기에는 웬디가 너무 지쳐 있었다.

피터가 신음했다.

"왜 그래?" 웬디는 곧바로 걱정스러운 표정으로 바뀌었다.

"널 도와줄 수 없어. 후크한테 상처를 입었거든. 날 수도 없고 헤엄칠 수도 없어."

"그러면 우리 둘 다 여기서 물에 빠져 죽는다는 거야?"

"물이 차오르는 걸 봐."

둘은 그 광경을 차마 볼 수 없어서 손으로 눈을 가렸다. 이내 꼼짝없이 죽으리라고 생각했다. 그렇게 앉아 있는데 무언가가 키스처럼 가볍게 피터를 스치더니 곁에 머물면서 머뭇머뭇 물었다.

"내가 도움이 될 수는 없을까?"

며칠 전에 마이클이 만들었던 연의 꼬리였다. 그때 연은 스스로 실을 끊고 마이클의 손에서 빠져나와 둥실둥실 날아가 버렸다.

"마이클의 연이잖아." 피터는 심드렁한가 싶더니 곧장 연 꼬리를 잡아채서 끌어당겼다.

"이게 마이클을 공중으로 들어 올렸어. 너도 들어 올릴 수 있지 않을까?"

"우리 둘 다!"

"두 명은 안 돼. 마이클이랑 컬리가 해 봤는데 안 됐어."

"제비뽑기로 정하자." 웬디가 용감하게 말했다.

"넌 숙녀잖아. 그럴 수 없어." 피터는 이미 웬디 몸에 연 꼬리를 감아서 묶어 놓았다. 웬디는 피터를 꼭 붙잡고 매달리며 혼자서는 가지 않겠다고 우겼다. 하지만 "잘 가, 웬디."라는 인사와 함께 피터는 웬디를 바위에서 밀었다.

몇 분 후, 웬디는 피터의 시야에서 사라졌다. 이제 호수에는 피터 혼자였다.

바위 위 공간이 손바닥만큼 비좁아졌다. 당장에라도 바위가 물에 잠길 듯했다. 물을 가로질러 창백한 빛줄기가 살며시 퍼져나갔다. 머지않아 세상에서 가장 감미롭고 처량한 소리가 들려올 터였다. 인어가 달을 부르는 소리였다.

피터는 다른 아이들과 달랐지만, 끝내 두려움에 빠졌다. 파도가 바다로 퍼져나가듯 전율이 온몸을 스치고 지나갔다. 그러나 바다에서는 파도가 수백 번씩 이어지지만, 피터는 단 한 번 전율을 느낄 뿐이었다.

피터는 곧바로 다시 바위에 우뚝 섰다. 얼굴에는 전과 다름없는 미소가 피어났고, 심장에서 쿵쿵 북소리가 울렸다. 북소리는 이렇게 말하는 듯했다.

"죽음은 무척 짜릿한 모험이 될 거야."

09

# 네버새

피터 팬은 홀로 남기 전, 인어가 하나둘 바닷속 침실로 돌아가는 소리를 들었다. 너무 멀리 떨어져 있어서 침실 문이 닫히는 소리는 듣지 못했다. 하지만 인어의 산호 동굴에 나 있는 문에는 육지에서 최고로 멋들어진 집처럼 자그마한 종이 달려 있어서 문이 열리거나 닫힐 때마다 딸랑거리는 소리가 들렸다.

물이 쉴 새 없이 차올라 피터의 발끝에서 찰랑거렸다. 피터는 바닷물이 자기를 집어삼키는 순간까지 기다려야 했는데, 그동안 호수에서 유일하게 움직이는 물체를 지켜보았다. 연에서 떨어져 나온 종이가 둥둥 떠다니는 것 같았다. 피터는 종잇조각이 육지까지 떠가려면 얼마나 걸릴지 궁금했다.

곧 피터는 뭔가 이상하다고 눈치챘다. 그 종이는 틀림없이 뚜렷한 목적이 있었다. 물살을 거스르며 움직이는 데다, 때로는 물살을 넘기도 했기 때문이다.

언제나 약자의 편에 서는 피터는 종이가 물살을 이기고 넘어설 때마다 저도 모르게 손뼉을 쳤다. 종잇조각은 정말로 씩씩했다.

사실 그 물체는 종잇조각이 아니라 둥지에 앉아서 피터에게 가려고 안간힘을 다하는 네버새였다. 둥지가 호수에 빠진 이후로 네버새는 날개를 파닥여서 배가 된 둥지를 이동시키는 법을 어느 정도 익혔다. 하지만 피터가 네버새를 알아보았을 즈음에 새는 기진맥진한 상태였다. 새는 둥지 안에 아직 알이 있는데도 피터에게 둥지를 줘서 목숨을 구해 주려고 했다.

참 의아한 일이다. 피터는 새에게 잘해 주기도 했지만, 가끔은 괴롭히기도 했다. 달링 부인이나 다른 사람들처럼 네버새 역시 피터의 젖니를 보고 마음이 녹았다고 추측할 수밖에 없다.

네버새는 피터에게 왜 둥지를 타고 왔는지 소리쳐 말했고, 피터는 네버새에게 거기서 뭐 하냐고 소리쳐 물었다. 당연히 둘 다 서로의 말을 알아듣지 못했다. 상상 속 이야기에서라면 사람이 새와 얼마든지 이야기를 나눌 수 있을 것이다. 피터가 네버새의 말을 이해하고 똑바로 대답했다고 말할 수 있다면 얼마나 좋을까. 하지만 진실이 최선이다. 그래서 정말로 일어난 일만 이야기하자면, 둘은 서로의 말을 이해하지 못했을 뿐만 아니라 예의마저 깡그리 잊어버렸다.

"나는-네가-이-둥지에-탔으면-좋겠어. 그러면-네가-육지로-떠갈-수-있을-거야. 그런데-내가-너무-지쳐서-더-가까이-갈-수가-없어. 그러니까-네가-여기로-헤엄쳐서-와야-해." 네버새는 최대한 천천히 또박또박 말했다.

"대체 뭐라고 짹짹거리는 거야? 왜 평소처럼 둥지가 떠다니게 내버려 두지 않는 거야?" 피터가 대꾸했다.

"나는-네가-이-" 새는 했던 말을 그대로 되풀이했다.

그러자 피터도 또박또박 말하려고 했다.

"대체-뭐라고-짹짹거리는-거야?" 이렇게 대화가 이어졌다.

새는 짜증이 치밀었다. 피터와 네버새 둘 다 성질이 몹시 급했다.

"이 미련한 꼬마야!" 새가 빽빽 소리쳤다. "왜 내 말대로 안 하는 거야?"

새가 욕을 한다고 생각한 피터도 열이 나서 되는대로 쏘아붙였다.

"너도 마찬가지거든!"

신기하게도 둘 다 똑같은 말을 동시에 내뱉었다.

"닥쳐!"

"닥쳐!"

그렇지만 네버새는 할 수만 있다면 피터를 구하기로 굳게 마음먹었다. 새는 마지막 힘을 짜내서 둥지를 바위 쪽으로 몰고 갔다.

그런 다음 자기 뜻을 분명히 밝히려고 알을 버린 채 날아올랐다.

드디어 새의 뜻을 깨달은 피터는 둥지를 붙잡았고, 머리 위에서 파닥거리는 네버새를 향해 고맙다며 손을 흔들었다. 하지만 새는 고맙다는 인사를 받으려고 피터의 머리 위에서 맴도는 것이 아니었다. 피터가 둥지에 타는 모습을 지켜보기 위해서도 아니었다. 새는 오로지 피터가 자기 알을 어떻게 하는지에만 관심이 있었다.

둥지에는 크고 하얀 알이 두 개 있었다. 피터는 알을 들어 올리고는 생각에 잠겼다. 새는 알의 마지막을 보고 싶지 않아서 날개로 얼굴을 가렸다. 하지만 깃털 사이로 빼꼼 쳐다볼 수밖에 없었다.

버려진 자의 바위에 장대가 하나 박혀 있다고 말했던가? 이 장대는 오래전에 해적 떼가 보물을 파묻은 곳을 표시하려고 꽂아 놓은 것이다. 잃어버린 소년들은 그곳에서 번쩍거리는 보물을 발견했고, 장난기가 솟아오를 때면 포르투갈 금화와 다이아몬드, 진주, 스페인 은화를 갈매기에게 마구 집어던지곤 했다. 갈매기는 금은보화가 먹이인 줄 알고 덤벼들었다가 치사한 속임수에 벌컥 화를 내며 날아가기도 했다. 장대는 여전히 바위에 꽂혀 있었고, 그 꼭대기에는 스타키가 걸어둔 챙이 넓고 속이 깊은 방수 모자가 있었다.

피터는 스타키의 모자 안에 네버새의 알을 넣고 호수에 띄웠다.

모자는 우아하게 물에 떴다.

네버새는 피터의 행동을 보고는 감탄하며 소리를 내질렀다. 피터도 맞장구치며 '꼬끼오' 하고 외쳤다. 곧 피터는 네버새 둥지에 올라타서 장대를 돛대처럼 세우고 돛 대신 셔츠를 매달았다. 동시에 네버새가 날개를 파닥이며 모자로 내려와서 다시 따뜻하게 알을 품었다. 네버새는 이쪽으로 둥둥 떠갔고, 피터는 저쪽으로 둥지를 움직였다. 둘 다 서로에게 환호하며 힘을 북돋아 주었다.

육지에 닿은 피터는 네버새가 쉽게 찾을 만한 곳에 둥지를 끌어다 놓았다. 하지만 네버새는 스타키의 모자가 마음에 쏙 들었는지 둥지로 돌아가지 않았다. 둥지는 호수에서 이리저리 떠다니다가 산산조각이 났다. 이후로 스타키는 종종 호숫가를 찾아와서 자기 모자에 네버새가 앉아 있는 모습을 쓰라린 마음으로 쳐다보았다.

앞으로는 네버새가 이야기에 등장하지 않으니 여기서 말해야겠다. 이 사건 이후로 모든 네버새는 새끼가 올라와서 바람을 쐴 수 있도록 챙이 넓은 모자 모양으로 둥지를 짓는다.

웬디가 연에 실려 이리저리 날다가 땅속의 집에 도착하자마자 피터까지 돌아왔다. 온 집이 기쁨에 겨워 떠들썩했다. 아이마다 늘어놓고 싶은 모험담이 있었다.

하지만 가장 신나는 모험은 잠잘 시간이 몇 시간이나 지났는데도 아직 깨어 있는 일이었다. 아이들은 어찌나 들떴는지 더 오래 깨어 있으려고 붕대를 감아 달라는 둥 속마음이 훤히 보이는 핑계를 댔다. 웬디는 다들 탈 없이 집으로 돌아와서 기뻤지만, 잘 시간이 한참이나 지났다는데 화가 나서 고함쳤다.

"침대로, 침대로 가."

엄한 웬디의 목소리에 아이들은 순순히 따를 수밖에 없었다. 하지만 다음 날 웬디는 몹시 다정한 태도로 아이들 모두에게 붕대를 감아 주었다. 아이들은 잠잘 시간이 될 때까지 팔에 붕대를 감고 절뚝거리면서 놀았다.

# 10

# 행복한 집

호수에서 해적과 맞붙은 사건으로 대단한 일이 생겼다. 아이들이 인디언과 친구가 된 것이다. 피터가 타이거 릴리를 끔찍한 운명에서 구해 줬으니 이제 타이거 릴리와 용맹한 인디언 전사가 피터를 위해 무슨 일에든 뛰어들 터였다. 인디언은 밤새도록 땅속의 집 위에 앉아서 망을 보며 머지않아 다가올 해적 떼의 대규모 공격을 기다렸다. 심지어 낮에도 평화의 담뱃대를 입에 문 채 먹을거리라도 찾는 듯 집 주변을 어슬렁거렸다.

인디언은 피터를 위대한 백인 아버지라고 부르며 납작 엎드렸다. 피터는 뛸 듯이 기뻐했다. 하지만 그건 그에게 그리 좋은 일은 아니었다.

인디언이 발 앞에 엎드려 굽신거리면 피터는 오만한 태도로 말하곤 했다. "이 위대한 백인 아버지는 피카니니 전사가 해적으로부터 집을 지키는 모습을 보니 기쁘도다."

그러면 아름다운 타이거 릴리가 대답하곤 했다.

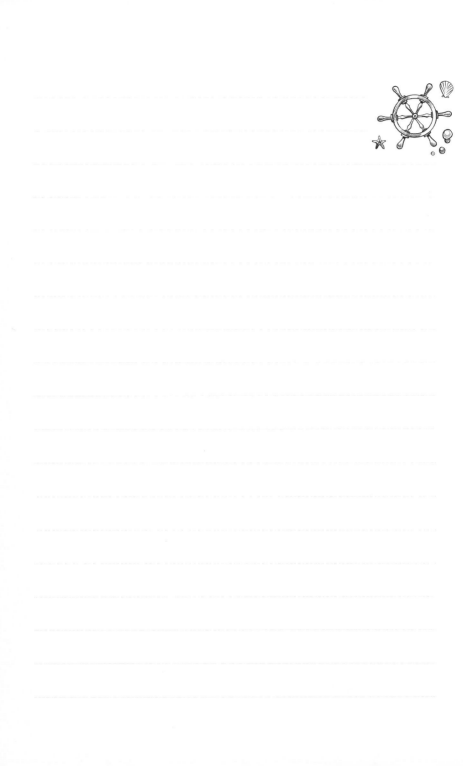

"나 타이거 릴리, 피터 팬이 나를 구했다. 나는 피터 팬의 좋은 친구다. 나는 해적이 친구를 해치게 두지 않는다."

타이거 릴리는 이렇게 비굴하게 굴기에 너무나도 아름다웠다. 하지만 피터는 자기가 이런 대접을 받아 마땅하다고 생각해서 거들먹거렸다.

"피터 팬이 말하노라, 좋은 생각이다."

피터가 "피터 팬이 말하노라."라고 입을 떼면, 인디언은 입 다물고 공손하게 그 말을 받아들여야 했다. 하지만 인디언은 다른 아이들에게는 전혀 존경심을 보이지 않았고, 그저 평범한 전사처럼 대했다. 인사할 때도 그저 "잘 지내?"라고만 말했다. 아이들은 피터가 이런 상황을 별로 문제 삼지 않는 것 같아서 분한 마음이 들었다.

웬디는 속으로 아이들을 안쓰럽게 여겼지만, 주부 역할에 지나치게 충실했던 터라 아버지에 대한 불평을 참아주지 않았다. 그래서 자기 생각이야 어떻든 늘 "아빠가 가장 잘 아셔."라고 대꾸했다. 하지만 웬디는 개인적으로 인디언이 자기를 인디언 여인으로 취급해서는 안 된다고 생각했다.

이제 우리는 호수에서 벌어진 전투와 그 결말 때문에 '밤 중의 밤'이라고 불릴 저녁에 이르렀다.

무언가가 남몰래 힘을 모으고 있기라도 한 듯 낮 동안에는 별다른 일이 없었다. 날이 저물자 인디언은 담요를 두르고 밖에서 제자리를 지켰고, 아이들은 땅속의 집에서 저녁을 먹었다. 단, 피터만 시간을 알아보려고 밖으로 나왔다. 네버랜드에서 시간을 알고 싶다면 악어를 찾아 근처에서 기다렸다가 악어 뱃속의 시계가 울리는 소리를 들어야 했다.

하필 그날 저녁 식사는 차 마시기 흉내로 대신했고, 아이들은 탁자에 둘러앉아서 차를 벌컥벌컥 들이켜 마시는 척했다. 아이들이 왁자지껄 떠들고 서로를 놀리는 소리에 웬디는 귀청이 터질 것 같았다. 웬디는 시끄러운 소리에 별로 개의치 않았지만, 남의 물건을 와락 빼앗아 놓고 투틀스가 먼저 팔꿈치를 밀어서 그랬다는 둥 변명을 늘어놓는 것은 그냥 넘어가지 않았다. 웬디는 엄격한 규칙을 정해 놓았다. 식사 자리에서는 절대로 싸워서는 안 되며, 논쟁거리가 생기면 "이러저러해서 불만이에요."라고 말해야 했다. 하지만 아이들은 규칙을 아예 잊어버리거나 반대로 불만을 지나치게 많이 털어놓았다.

"조용." 웬디는 모두 한꺼번에 말하지 말라고 스무 번째로 타일렀다. "슬라이틀리, 조롱박 컵이 비었니?"

"아뇨, 엄마." 슬라이틀리가 상상 속의 컵을 들여다보고 대답했다.

"쟤는 우유에 입도 안 댔어요." 닙스가 끼어들었다.

닙스의 말은 엄연히 고자질이었고, 슬라이틀리는 일러바칠 기회를 낚아챘다.

"닙스한테 불만이 있어요." 슬라이틀리가 재빨리 외쳤다.

하지만 존이 먼저 손을 들었다.

"무슨 일이야, 존?"

"피터가 없으니까 내가 피터 자리에 앉아도 돼요?"

"아빠 자리에 앉겠다고!" 웬디가 발끈했다. "그럼 못 써."

"피터는 진짜 아빠가 아니잖아. 내가 알려 주기 전에는 아빠가 뭘 하는지도 몰랐어." 존이 받아쳤다.

이건 엄연히 불평이었다. "우리는 존한테 불만 있어요." 쌍둥이가 합창했다.

투틀스가 손을 들었다. 투틀스는 집에서 가장 겸손한 아이였고, 사실상 유일하게 겸손한 아이라서 웬디는 특히나 투틀스에게 다정하게 대했다.

"나는 아빠가 되지 못할 것 같아." 투틀스가 소심하게 말했다.

"맞아, 투틀스."

투틀스는 어쩌다 입을 열면 엉뚱한 방향으로 이야기를 끌고 나가곤 했다.

"그럼 난 아빠가 될 수 없으니까 마이클 너 말고 내가 아기 하면 안 될까?" 투틀스가 진지하게 물었다.

"안 돼, 싫어." 이미 바구니에 들어간 마이클이 툭 내뱉듯 대꾸했다.

"그럼 난 아기가 될 수 없으니까, 쌍둥이는 될 수 있을까?" 투틀스는 한층 더 진지하게 말했다.

"아니, 전혀. 쌍둥이가 되는 건 무지 어려워." 쌍둥이가 대답했다.

"그럼 난 중요한 사람이 될 수 없으니까 마술이라도 해 볼까?"

"아니." 아이들이 입을 모아 대답했다.

마침내 투틀스도 포기했다. "기대도 안 했어."

밉상 맞은 고자질이 다시 시작됐다.

"슬라이틀리가 식탁에다 기침해요."

"쌍둥이가 마미나무 열매를 먼저 던졌는데요."

"컬리가 타파롤이랑 참마를 다 가져가요."

"쌍둥이한테 불만 있어요."

"컬리한테 불만 있어요."

"닙스한테 불만 있어요."

"어머나, 세상에. 가끔은 애들 때문에 못 살겠단 말이야." 웬디가 소리쳤다.

웬디는 아이들에게 식탁을 치우라고 한 뒤 반짇고리를 들고 앉았다. 바구니에는 평소처럼 무릎에 구멍 뚫린 긴 양말이 한가득이었다.

"누나, 요람이 나한테 너무 작아." 마이클이 불평했다.

"누군가는 요람에서 자야 해. 네가 제일 어리잖아. 요람이 있어야 집이 아늑해진단 말이야." 웬디가 톡 쏘아붙였다.

웬디가 양말을 기우는 동안 아이들은 주위에서 놀았다. 행복한 얼굴로 춤추는 아이들의 모습이 꿈같은 벽난로 불빛을 받아 빛났다. 땅속의 집에서는 너무나도 친숙한 장면이지만, 앞으로 우리는 이 모습을 더는 보지 못한다.

위에서 발걸음 소리가 들렸고, 당연히 웬디가 가장 먼저 그 소리를 들었다.

"얘들아, 아빠 발소리가 들리네. 너희가 문 앞에 마중 나가면 좋아하실 거야."

위에서는 인디언이 피터에게 허리 숙여 인사했다.

"피터 팬이 말하노라. 전사들이여, 잘 지켜보도록 하라."

예전에 자주 그랬던 것처럼 신난 아이들이 피터를 나무에서 끌어당겼다. 예전에는 자주 그랬다. 하지만 앞으로는 두 번 다시 그러지 못할 터였다.

피터는 아이들에게 견과류를 가져다줬고, 웬디에게 정확한 시간을 알려 줬다.

"피터, 아이들 버릇 나빠져. 알잖아." 웬디가 생글거렸다.

"아휴, 엄마들은 다 잔소리꾼이야." 피터가 벽에 총을 걸어 놓으며 대꾸했다.

"엄마를 잔소리꾼이라고 부른다는 것도 내가 알려 줬어." 마이클이 컬리에게 소곤거렸다.

"마이클한테 불만 있어요." 컬리가 냉큼 말했다.

쌍둥이 중 첫째가 피터에게 다가갔다.

"아빠, 춤추고 싶어요."

"얘야, 마음껏 춤추렴." 기분이 무척 좋았던 피터가 대답했다.

"아빠도 같이 춰요."

피터는 아이 중에서 춤을 가장 잘 췄지만, 일부러 언짢은 척했다.

"내가! 다 늙어서 뼈가 덜거덕거릴 텐데."

"엄마도요."

"안 돼. 엄마는 할 일이 산더미야. 어떻게 춤추겠니!" 웬디가 소리쳤다.

"하지만 토요일 밤이잖아요." 슬라이틀리가 은근히 말했다.

진짜 토요일 밤은 아니었다. 어쩌면 정말 토요일 밤이었을지도 모른다. 아이들은 오래전에 날짜 세기를 잊어버렸다.

하지만 아이들은 특별한 일을 하고 싶을 때면 늘 토요일 밤이라는 핑계를 댔다.

"토요일 밤이 맞긴 해, 피터." 마음이 약해진 웬디가 말했다.

"우리 나이에 춤은 무슨."

"그래도 우리하고 애들밖에 없잖아."

"맞아요, 정말이에요."

아이들은 춤춰도 좋다고 허락받았지만, 먼저 잠옷으로 갈아입어야 했다.

"아휴, 참 잔소리꾼이야." 난롯가에서 몸을 따뜻하게 덥히던 피터는 앉아서 양말 뒤꿈치를 기우는 웬디를 바라보며 나직하게 말했다. "하루 일이 다 끝나고 저녁에 아이들과 난롯가에 앉아서 쉬는 것만큼 기분 좋은 일도 없어."

"참 행복해, 피터. 그렇지?" 몹시 흐뭇해진 웬디가 맞장구쳤다.

"피터, 컬리가 네 코를 닮은 것 같아."

"마이클은 널 닮았고."

웬디는 피터에게 다가가 어깨에 손을 얹었다.

"사랑하는 피터, 난 대가족을 돌보느라 좋은 시절을 다 보냈어. 그래도 날 떠나는 건 아니지?"

"아니야, 웬디."

확실히 피터는 지금 그대로이기를 바랐다. 하지만 꿈인지 생시인지 모르겠다는 듯 눈을 깜박이며 불편한 기색으로 웬디를 바라보았다.

"피터, 왜 그래?"

"그냥 생각 좀 하고 있었어." 피터가 살짝 겁먹은 목소리로 말했다.

"지금 흉내 내는 중이잖아, 그렇지? 내가 아이들 아빠라는 것도 말이야."

"아, 그래." 웬디가 샐쭉하게 대답했다.

"있잖아, 내가 진짜 아빠라고 하면 너무 나이 들어 보일 거야." 미안해하는 말투였다.

"하지만 저 애들은 우리 아이야. 너와 나의 아이들."

"진짜는 아니지, 웬디?" 피터는 불안해졌다.

"네가 원하지 않으면 진짜는 아니지." 이 대답에 피터가 안도하며 한숨 쉬는 소리가 똑똑히 들렸다.

웬디는 단호하게 말하려고 애쓰며 물었다.

"피터, 나한테 정말로 어떤 감정이야?"

"착한 아들의 감정이지."

"그럴 줄 알았어." 웬디는 방 끄트머리로 가서 혼자 앉았다.

"너 정말 이상하다. 타이거 릴리랑 똑같네. 걔도 나한테 어떤 존재가 되고 싶은데, 그게 엄마는 아니랬어." 피터는 어리둥절했다.

"절대 아니지." 웬디가 힘주어 말했다. 이제 어쩌다 웬디가 인디언에 대한 편견에 빠졌는지 다들 잘 알 것이다.

"그럼 뭔데?"

"숙녀는 그런 말 못 해."

"아, 좋아." 피터는 살짝 짜증을 냈다. "팅커벨이 말해 주겠지."

"아, 그래. 팅커벨이라면 말해 줄 거야. 걔는 부끄러움을 모르는 꼬맹이니까." 웬디가 비꼬았다.

자기 침실에서 웬디와 피터의 대화를 엿듣고 있던 팅커벨이 뭔가 무례한 말을 날카롭게 소리쳤다.

"부끄러움을 모르는 꼬맹이라서 자랑스럽다는데." 피터가 요정의 말을 해석해 주었다.

그때 피터에게 새로운 생각이 불쑥 떠올랐다. "팅커벨은 내 엄마가 되고 싶은 걸지도 몰라."

"이 멍청한 놈아!" 팅커벨이 격분해서 소리 질렀다.

하도 자주 하는 말이라 이번에는 피터가 해석해 주지 않아도 웬디는 알아들었다.

"나도 동감이야." 웬디가 톡 쏘아붙였다. 착한 웬디가 못 참고 쏘아붙이다니! 하지만 웬디는 힘겨운 일을 너무 많이 겪었고, 그날 밤이 지나기 전에 무슨 일이 벌어질지도 미처 몰랐다. 알았더라면 그렇게 매정하게 굴지 않았을 것이다.

아무도 몰랐다. 어쩌면 모르는 편이 최선이었으리라. 무슨 일이 터질지 꿈에도 모르는 덕분에 아이들은 한 시간 더 신나게 즐길 수 있었다. 아이들이 네버랜드에서 마지막으로 보내는 시간이 행복했으며 그 시간이 60분이나 된다는 사실에 기뻐하자. 아이들은 잠옷 차림으로 노래하고 춤췄다. 노래는 아주 재미있으면서도 오싹했는데, 아이들은 함께 노래하며 자기 그림자에 깜짝 놀란 척했다. 곧 그림자가 덮쳐 오고 진짜로 두려움에 움츠러들게 되리라는 사실은 전혀 몰랐다.

춤도 혼을 쏙 빼놓을 만큼 흥겨워서 아이들은 침대 안팎에서 서로 치고받았다. 춤이라기보다는 베개 싸움에 가까웠다. 베개 싸움이 잦아든 후에도 베개가 한바탕 더 오고 갔다. 마치 다시는 서로 못 볼 걸 아는 친구들 같았다.

아이들의 이야기는 또 어떻고!

웬디가 잠자리에서 재미난 이야기를 들려주기 전에 아이들이 먼저 이야기를 풀어놓았다. 그날 밤에는 심지어 슬라이틀리조차 이야기하겠다고 나섰는데, 시작부터 끔찍하게 지루한 탓에 슬라이틀리 자신마저 질려 버렸다. 결국 슬라이틀리는 시무룩하게 말했다.

"그래, 시작부터 지루하네. 그냥 이렇게 끝난 걸로 하자."

드디어 아이들이 웬디의 이야기를 들으려고 침대에 누웠다. 아이들은 웬디의 이야기를 무척 좋아했지만, 피터는 싫어했다. 보통 웬디가 이야기를 시작하면 피터는 밖으로 나가거나 손으로 귀를 막았다. 이번에도 자리를 뜨거나 귀를 막았더라면 아이들 모두 그대로 섬에 남았을지도 모른다. 하지만 오늘 밤 피터는 의자에 눌러앉았다. 이제 무슨 일이 벌어졌는지 알아보자.

# 11

# 웬디의 이야기

"자, 들어 봐봐. 옛날 옛적에 신사가 한 명 있었는데…."

웬디가 이야기를 시작했다. 마이클은 웬디의 발치에, 일곱 소년은 침대에 있었다.

"신사 말고 숙녀면 좋겠어." 컬리가 끼어들었다.

"하얀 쥐가 더 좋아." 닙스가 받아쳤다.

"조용." 엄마가 아이들을 꾸짖었다. "숙녀도 한 명 있었어. 그리고…."

"엄마, 숙녀도 있었다는 거죠? 숙녀는 안 죽었죠?" 쌍둥이 중 맏이가 외쳤다.

"그럼, 안 죽었어."

"숙녀가 안 죽었다니 정말 다행이에요. 너도 그렇지, 존?" 투틀스가 말했다.

"물론이지."

"너도 그래, 닙스?"

"그런대로."

"쌍둥이 너희는?"

"다행이야."

"세상에, 이야기를 못 하겠네." 웬디가 한숨을 쉬었다.

"다들 입 다물어." 이야기는 끔찍이도 싫었지만, 웬디가 방해받아서는 안 된다고 생각한 피터가 고함쳤다.

"그 신사의 이름은 달링 씨였어. 숙녀의 이름은 달링 부인이었고." 웬디가 계속했다.

"난 두 사람을 알아." 존이 한 말 때문에 다른 아이들은 약이 올랐다.

"나도 아는 것 같아." 마이클은 다소 자신 없다는 듯 말했다.

"두 사람은 결혼했단다. 둘에게 무엇이 생겼을 것 같니?" 웬디가 설명했다.

"하얀 쥐." 닙스가 들떠서 소리쳤다.

"아니야."

"너무 헷갈려." 이야기를 모조리 외운 투틀스가 모르는 척했다.

"조용히 하렴, 투틀스. 두 사람에게는 자식이 세 명 생겼어."

"자식이 뭐예요?"

"쌍둥이 너희도 자식이란다."

"들었어, 존? 나도 자식이래."

"자식은 그냥 아이들이야." 존이 대꾸했다.

"이런." 웬디가 또 한숨 쉬었다.

"이 아이들 세 명에게는 나나라는 성실한 보모가 있었단다. 하지만 달링 씨는 나나에게 화가 나서 마당에 쇠사슬로 묶어 버렸어. 그래서 아이들 모두 날아가 버렸어."

"정말 재미있어." 닙스가 말했다.

"아이들은 날아가 버렸어. 네버랜드로 말이야. 잃어버린 소년들이 사는 곳이지." 웬디가 이야기를 계속했다.

"그럴 줄 알았어." 컬리가 신이 나서 끼어들었다. "왜인지는 모르겠지만, 그냥 그럴 줄 알았어."

"웬디 엄마, 잃어버린 소년들 중에 투틀스도 있나요?" 투틀스가 외쳤다.

"맞아, 있어."

"내가 이야기에 나오네. 야호! 내가 이야기에 나와, 닙스."

"쉿. 이제 아이들이 날아가 버려서 괴로워하는 부모님 마음이 어떨지 생각해 보렴."

"아아!"

아이들은 괴로워하는 부모님의 마음이 안중에도 없으면서 신음을 내뱉었다.

"텅 빈 침대를 생각해 봐!"

"아아!"

"정말이지 슬퍼." 쌍둥이 중 맏이가 발랄하게 말했다.

"이 이야기가 행복하게 끝날지 모르겠어. 넌 어때, 닙스?" 쌍둥이 중 동생이 말을 받았다.

"너무 걱정돼."

"엄마의 사랑이 얼마나 큰지 안다면, 무서울 게 없단다." 웬디가 의기양양하게 말했다. 이야기는 피터가 싫어하는 대목으로 접어들었다.

"나는 엄마의 사랑이 정말 좋아. 너도 엄마의 사랑이 좋니?" 투틀스가 닙스를 베개로 때리면서 말했다.

"나도 그래." 닙스가 되받아치며 대답했다.

"너희도 잘 알겠지만, 우리의 여주인공은 아이들이 돌아올 수 있도록 언제나 엄마가 창문을 열어 둔다는 걸 알았단다. 그래서 집에서 아주 먼 곳에서도 몇 년 동안이나 즐겁게 지냈어." 웬디가 흐뭇하게 말했다.

"그 애들이 결국에는 돌아갔어요?"

"그러면 이제부터, 미래를 살짝 들여다보자."

웬디는 가장 중요한 대목에 이르러 바짝 집중했다.

아이들은 미래를 더 쉽게 들여다보려고 몸을 조금씩 비틀었다.

"몇 년이 흐르고, 런던역에 어느 숙녀가 도착했단다. 나이는 짐작하기 어렵지만 저 우아한 숙녀는 누구일까?"

"아, 웬디 엄마, 누구예요?" 닙스는 이야기를 들을 때마다 아무것도 모른다는 듯 흥분해서 소리쳤다.

"어쩌면…. 그래…. 아니야…. 그 사람은…, 아름다운 웬디야!"

"우와!"

"웬디 곁에는 늠름하고 멋진 청년이 두 명 있어. 누구일까? 혹시 존이랑 마이클일까? 맞아!"

"우와!"

"웬디가 위를 가리키며 말해. '사랑하는 동생아, 저기 봐. 창문이 아직 열려 있어. 아, 엄마의 사랑을 깊이 믿은 보람이 있구나.' 세 사람은 엄마와 아빠에게 날아가. 이 행복한 장면은 말로 다 표현할 수 없으니 이제 여기서 이야기를 끝낼게."

이야기가 끝났다. 멋지게 이야기를 늘어놓은 웬디도, 그 이야기를 들은 아이들도 모두 흡족했다. 여러분도 알다시피 이야기는 완벽한 결말로 마무리되었다.

아이들은 세상에서 가장 무정한 존재처럼 갑자기 떠나 버리지만, 결코 미워할 수 없다. 아이들은 오로지 자기 자신에만 온 마음을 쏟다가도 특별한 관심이 필요하면 엄마에게 당당히 돌아가서 애정을 요구한다. 그러면서 매를 맞기보다는 따뜻하게 품에 안길 수 있다고 굳게 믿는다.

아이들은 엄마의 사랑을 너무나도 깊이 믿어서 냉정하게도 엄마 마음을 조금 더 모른 척해도 괜찮다고 생각했다.

하지만 진실을 더 잘 아는 사람이 한 명 있었다. 웬디가 이야기를 마치자 그 아이는 공허한 신음을 토했다.

"왜 그래, 피터? 어디가 아픈 거니?" 웬디는 피터가 아픈 줄 알고 달려가서 가슴 아래를 걱정스럽게 만져 보았다.

"몸이 아픈 게 아니야." 피터가 침울하게 대답했다.

"그러면 어디가 아픈데?"

"웬디, 너는 엄마를 잘못 알고 있어."

아이들은 피터의 말에 놀라서 주위로 몰려들었다. 피터는 여태껏 숨겼던 사실을 솔직하게 털어놓았다.

"오래전에는 나도 우리 엄마가 날 위해서 언제까지나 창문을 열어 놓을 줄 알았어. 그래서 몇 달이 지나도록 밖에서 지냈지. 그러다가 날아서 집으로 돌아갔는데 창문에 빗장이 걸려져 있더라. 엄마가 날 새까맣게

잊은 거야. 내 침대에는 다른 남자애가 자고 있던걸."

이 말이 사실인지는 모르겠다. 어쨌거나 피터는 사실이라고 믿었고, 아이들은 겁을 집어먹었다.

"정말로 엄마들이 그렇다고?"

"맞아."

엄마란 사람이 그런 사람이었다니. 얼마나 소름 끼치는지!

하지만 지레 속단해서는 안 된다. 포기해야 할 때가 언제인지는 아이들이 그 누구보다 빠르게 알아차리니까.

"누나, 우리 집에 가자." 존과 마이클이 입을 모아 외쳤다.

"그래." 웬디가 두 동생을 꽉 껴안으며 말했다.

"오늘 밤은 아니지?" 얼떨떨해진 잃어버린 소년들이 물었다. 아이들은 엄마 없이도 잘 지낼 수 있다는 사실을 잘 알고 있었다. 아이들이 잘 지내지 못하리라고 생각하는 사람은 엄마뿐이라는 사실도 알았다.

"지금 갈 거야. 어쩌면 지금쯤 엄마는 우리 장례식을 끝내고 검은 상복 대신 회색 옷을 입고 있을지도 몰라." 두려운 생각이 떠오른 웬디는 단호하게 대답했다.

웬디는 두려운 마음에 피터의 기분이 어떨지 잊고 말았다. 그래서 피터에게 꽤 퉁명스럽게 말했다.

"피터, 우리가 떠나게 준비 좀 해 줄래?"

"원한다면." 피터는 웬디가 땅콩이라도 건네달라고 한 양 무심하게 대답했다.

두 사람은 헤어져서 슬프다는 인사말조차 나누지 않았다. 웬디가 이별을 슬퍼하지 않는다면 피터도 서운하지 않다는 걸 보여 줄 작정이었다.

물론 피터는 몹시 마음이 아팠다. 게다가 언제나처럼 무슨 일이든 망치는 어른에 대한 화가 치밀었다. 그래서 자기 나무 안으로 들어가서 일부러 1초에 다섯 번씩 빠르게 숨 쉬었다. 네버랜드에서 숨을 한 번 쉴 때마다 어른이 한 명 죽는다는 말이 있기 때문이다. 복수심에 불타는 피터는 최대한 빠르게 어른을 죽이고 싶었다.

이후 피터는 인디언에게 필요한 일을 지시한 다음 집으로 돌아왔다. 그런데 피터가 없는 사이 집에서는 부끄러운 일이 벌어졌다. 웬디를 잃는다는 생각에 극심한 공포에 질린 아이들이 웬디에게 달려들어 협박하며 아우성친 것이다.

"그러면 웬디 엄마가 없었던 때만도 못하게 될 거야."

"가게 내버려 두면 안 돼."

"감옥에 가두자."

"맞아, 쇠사슬로 묶어 두자."

궁지에 몰린 웬디는 누구에게 도움을 청해야 할지 직감했다.

"투틀스, 도와줘." 웬디가 외쳤다.

이상하지 않은가? 가장 둔한 투틀스에게 간절히 호소하다니.

하지만 투틀스는 당당했다. 그 순간만큼은 미련한 모습을 떨치고 위엄 있게 말했다.

"나는 투틀스일 뿐이야. 모두가 날 무시하지. 하지만 웬디 엄마한테 영국 신사답게 굴지 않는 녀석은 피를 철철 흘리게 만들어 줄 거야."

투틀스는 단검을 뽑아 들었다. 그 순간 투틀스는 눈부시게 빛났고, 다른 아이들은 멈칫거리며 물러섰다.

그때 피터가 돌아왔다. 아이들은 피터가 자기들을 도와주지 않으리라는 걸 곧바로 알아차렸다. 피터는 어떤 소녀도 네버랜드에 억지로 붙잡아 두지 않을 터였다.

"웬디, 인디언한테 숲속에서 네게 길을 안내하라고 부탁했어. 날아가면 피곤할 테니까." 피터가 방을 이리저리 돌아다니며 말했다.

"고마워, 피터."

"그러고 나면, 팅커벨이 바다를 건너게 도와줄 거야. 팅크를 깨워, 닙스."

피터는 명령하는 데 익숙한 사람 특유의 무뚝뚝하고 야멸찬 목소리로 계속 설명했다.

닙스가 문을 두 번이나 두드리고서야 대답이 들렸다. 사실 팅커벨은 진작에 일어나 앉아서 다 듣고 있었다.

"누구야? 누가 감히 날 깨우는 거야? 썩 꺼져." 팅커벨이 소리쳤다.

"일어나야 해, 팅크. 웬디를 데려다줘야지." 닙스가 불렀다.

물론 팅커벨은 웬디가 떠난다는 소리에 기뻤지만, 길잡이 노릇 따위는 하지 않겠다고 단단히 마음먹었다. 그래서 더 밉살스러운 욕설을 퍼붓고는 다시 잠든 척했다.

"싫다는데." 닙스는 팅커벨이 거세게 반항하자 깜짝 놀라서 외쳤다. 그러자 피터가 엄한 얼굴을 하고 꼬마 숙녀 팅커벨의 방으로 다가갔다.

"팅크, 당장 일어나서 옷을 갈아입지 않으면 커튼을 열어젖힐 거야. 그럼 여기 모두가 네 잠옷 차림을 보겠지." 닙스가 불렀다.

이 말에 팅커벨은 방바닥으로 폴짝 뛰어내렸다.

"누가 안 일어난대?"

그러는 사이 아이들은 존과 마이클과 함께 떠날 채비를 마친 웬디를 쓸쓸하게 바라보고 있었다. 아이들은 웬디가 떠날 뿐만 아니라 자기들은 초대받지 못한 근사한 곳으로 간다는 생각에 울적해졌다.

언제나 그렇듯, 아이들은 새로운 장소에 커다란 매력을 느끼기 때문이다.

그저 아이들이 자기와 헤어져서 슬퍼한다고 믿은 웬디는 마음이 약해졌다.

"얘들아, 나랑 같이 가자. 우리 엄마 아빠가 너희를 입양하도록 잘 말해 볼게."

특히 피터를 염두에 둔 말이었지만, 아이들은 저마다 자기만 초대받았다고 생각하고 신이 나서 펄쩍펄쩍 뛰었다.

"하지만 부모님이 우리를 귀찮아하시지 않을까?" 닙스가 깡충거리면서 물었다.

"어머, 아니야. 거실에 침대만 몇 개 더 놓으면 될 거야. 손님이 오는 매달 첫 목요일에는 칸막이로 가리면 되고." 웬디가 빠르게 머리를 굴렸다.

"피터, 우리 가도 돼?" 아이들이 입을 모아 애원하듯 외쳤다. 아이들은 피터도 당연히 따라오리라고 생각했지만, 사실은 따라오든 말든 상관없었다. 아이들은 새로운 모험이 문을 두드리면 가장 소중한 사람이라도 얼마든지 버리고 떠날 수 있다.

"가도 돼." 피터는 쓸쓸한 미소를 지으며 대답했다.

그 말이 떨어지자마자 아이들은 짐을 챙기러 달려갔다.

"자, 피터. 나서기 전에 약을 먹도록 하자."

전부 바로잡았다고 생각한 웬디가 말했다. 웬디는 아이들에게 약 먹이기를 좋아해서 약을 너무 많이 줬다. 물론 진짜 약이 아니라 조롱박에 든 물일 뿐이었지만, 웬디는 조롱박을 흔들어 물을 따라 주면서 몇 방울씩인지 잊지 않고 세었다. 그러면 물이 꼭 약 같았다. 하지만 이번에는 피터에게 약을 주지 못했다. 약을 준비하다가 피터의 얼굴을 보자 심장이 덜컥 내려앉았다.

"짐 챙겨, 피터." 웬디가 덜덜 떨며 말했다.

"싫어. 나는 같이 안 갈 거야." 피터는 심드렁한 척하며 대답했다.

"같이 가, 피터."

"싫어."

피터는 웬디가 떠나도 아무렇지 않다는 걸 보여 주려고 방을 펄쩍펄쩍 뛰어다녔고, 매정하게도 피리까지 신나게 불었다. 웬디는 볼썽사납게 피터를 쫓아 뛰어다녔다.

"네 엄마를 찾아 보자." 웬디가 구슬렸다.

피터에게 정말로 엄마가 있었더라도, 이제는 엄마가 그립지 않았다. 엄마 없이 얼마든지 잘 살 수 있었다.

게다가 오래도록 엄마에 관해 생각하다가 나쁜 점만 남기고 모두 잊었다.

"아니, 싫어. 엄마는 내가 많이 자랐다고 할 거야. 난 언제까지나 어린 아이로 남아서 재미있게 놀고 싶어." 피터는 딱 잘라 거절했다.

"하지만 피터⋯."

"싫어."

다른 아이들에게도 이 사실을 알려야 했다.

"피터는 같이 안 간대."

같이 가지 않는다고! 아이들은 짐보따리를 매단 막대기를 짊어진 채 피터를 멍하니 바라보았다. 그러자 피터가 마음을 바꿔서 자기들마저 못 가게 막는 건 아닐까, 하는 생각이 가장 먼저 떠올랐다. 하지만 피터는 자존심이 너무 세서 그럴 리가 없었다.

"혹시 엄마를 찾으면 너희들 마음에 들기를 바라." 피터가 울적하게 말했다.

이 지독한 냉소에 아이들은 마음이 불편해졌고, 이대로 떠나도 좋을지 의심하는 기색이 얼굴에 떠올랐다. 다들 표정으로 '떠나고 싶다고 해서 멍청한 건 아니지?'라고 물었다.

"자, 그러면 호들갑 떨지 말고, 엉엉 울지도 마. 잘 가, 웬디."

피터는 쾌활하게 손을 내밀었다. 정말로 중요한 볼일이 있으니 얼른 떠나라는 것 같았다.

지금 피터가 골무를 받고 싶지는 않은 것 같아서 웬디는 손을 내밀어 잡았다.

"속옷 갈아입는 거 잊어버리면 안 돼. 알겠지?"

웬디는 여전히 피터 곁을 서성이며 말했다. 웬디는 언제나 아이들 속 옷에 특히나 신경 썼다.

"그래."

"약도 잘 챙겨 먹을 거지?"

"그래."

더는 할 말이 남지 않은 듯했다. 어색한 침묵이 뒤따랐다. 하지만 피 터는 남들 앞에서 무너질 아이가 아니었다.

"준비됐어, 팅커벨?" 피터가 외쳤다.

"응."

"그러면 앞장서."

팅커벨은 가장 가까운 나무로 쏜살같이 날아올랐다. 하지만 아무도 따라가지 않았다.

그 순간, 해적 떼가 인디언을 거세게 공격했기 때문이다.

그동안 너무나 고요했던 땅 위에서 날카로운 비명과 칼날이 부딪히는 소리가 공중을 갈기갈기 찢었다. 땅 아래에서는 쥐 죽은 듯 정적만 감돌았다.

　모두 벌어진 입을 다물지 못했다. 웬디는 털썩 무릎을 꿇은 채로 피터를 향해 두 팔을 뻗었다. 나머지 아이들도 피터를 향해 팔을 뻗었다. 돌연 바람이 피터를 향해 불어닥치기라도 한 것 같았다. 아이들은 자기를 버리지 말아 달라고 말없이 애원했다. 피터는 바비큐를 죽일 때 휘둘렀던 검을 움켜쥐었다. 전의가 피터의 눈에서 이글이글 타올랐다.

# 12

# 아이들이 붙잡히다

해적 떼의 습격은 꿈에도 예상하지 못했던 일이었다. 기습 공격은 후크가 파렴치하고 비겁한 짓을 저질렀다는 확실한 증거였다. 인디언을 놀라게 하려면 백인의 전쟁 상식을 넘어서야 했다.

먼저 공격하는 쪽은 언제나 인디언이며, 교활하게도 백인의 기세가 가장 약하게 꺾이는 동트기 직전에 공격한다는 것이 잔인한 전쟁의 불문율이다. 백인은 저 멀리 굽이치는 언덕 꼭대기에 울타리를 대충 만들어 세운다. 반드시 언덕 아래에 개울이 졸졸 흐르는 곳을 골라야 하는데, 물에서 너무 멀리 떨어지면 패배해 죽기 때문이다. 이 울타리에서 백인은 인디언의 맹공격을 기다린다. 초짜들은 권총을 움켜쥐고 나뭇가지만 밟아대지만, 노련한 이들은 해가 밝아 오기 직전까지 편안하게 잠잔다.

그렇게 깜깜한 밤이 길게 이어지는 동안 인디언 정찰병이 뱀처럼 꿈틀거리며 풀잎 하나 건드리지 않고 풀밭을 누빈다.

인디언이 헤치고 지나간 덤불은 두더지가 뛰어든 모래밭처럼 소리 없이 닫힌다. 인디언이 감쪽같이 흉내 낸 코요테의 외로운 울부짖음 외에는 적막만 흐를 뿐이다. 이 울음소리에 다른 전사가 울부짖음으로 대답한다. 일부 인디언 전사는 진짜 코요테보다 더 능숙하게 울부짖는다.

이렇게 오싹한 시간이 흘러가고 긴장이 오랫동안 이어지면 이런 상황을 처음 겪는 풋내기는 못 견디게 괴로워한다. 반면에 잔뼈가 굵은 노장에게 섬뜩한 울음소리와 더 소름 끼치는 정적은 그저 밤이 흘러간다는 것을 넌지시 알리는 신호일 뿐이다.

후크는 이런 과정을 너무나 잘 알았다. 그래서 잘 몰라서 전쟁의 불문율을 무시했다는 변명은 통하지 않았다.

피카니니족은 후크가 명예를 지키리라고 철석같이 믿었고, 후크와 정반대로 행동했다. 그들은 경탄과 절망을 동시에 느끼면서 기민하게 무장했는데, 해적 한 명이 마른 나뭇가지를 밟는 순간 해적 떼가 섬에 올랐다는 사실을 깨달았다. 그러고는 믿지 못할 만큼 재빠르게 코요테처럼 울부짖기 시작했다. 앞축에 굽이 달린 모카신을 신은 파가니니 전사들은 후크의 해적 떼가 상륙한 지점부터 나무 아래 아이들의 집 사이를 소리 없이 샅샅이 살폈다. 그러다가 아래에 개울물이 졸졸 흐르는 야트막한 언덕을 딱 한 군데 발견했다.

후크는 틀림없이 바로 이 언덕에 자리 잡고 동이 틀 때까지 기다릴 터였다. 그래서 후크의 사악한 계획대로 기습이 착착 진행되는 동안 인디언의 주력 부대는 담요를 두르고 땅속의 집 위에 웅크리고 앉았다. 그리고 사내다움의 정수인 냉정한 태도로 창백한 죽음을 마주해야 할 냉혹한 순간을 기다렸다.

바짝 경계하고 있으면서도 여명이 밝아오면 후크에게 무시무시한 고통을 안겨 주겠다는 꿈에 부풀어 자신만만했던 인디언은 비겁한 후크에게 발각당하고 말았다. 대학살에서 가까스로 살아남은 정찰병 일부가 나중에 들려준 바로는, 후크가 어슴푸레한 빛 속에서 솟아오른 언덕을 똑똑히 보고도 멈추지 않았다고 한다. 공격당할 때까지 기다린다는 계획은 처음부터 안중에도 없는 듯했다. 밤이 다 지날 때까지 전투를 미룰 생각도 없었다. 후크는 전쟁 규칙을 깡그리 무시하고 공격을 개시했다. 이런 상황에서 당황한 인디언 정찰병이 무엇을 할 수 있었을까? 전쟁 기술이라면 모조리 통달했지만 후크의 이번 작전은 꿈에도 몰랐던 인디언은 애처롭게 코요테 울음소리를 내며 무력하게 후크를 뒤쫓았고, 치명적인 공격을 고스란히 받았다.

용감한 타이거 릴리 주변에는 가장 건장한 전사가 10명 정도 있었다. 그들은 비열한 해적 떼가 난데없이 돌진해 오는 모습을 보았다.

인디언의 눈을 가리며 승리라는 환상을 심어 준 베일이 벗겨졌다. 이제는 말뚝에 해적을 묶어 놓고 고문할 수 없을 터였다. 죽으면 간다는 복된 사냥터가 당장 눈앞에 펼쳐졌다. 다들 이 사실을 알았다. 하지만 피카니니 부족의 후예답게 행동했다. 그 순간 재빠르게 일어섰더라면 해적이 깨부수기 힘든 대열을 갖출 수도 있었을 것이다. 하지만 그런 행동은 부족 전통에서 금지했다. 고결한 인디언은 백인 앞에서 절대 놀란 심경을 드러내서는 안 됐다. 그들은 난데없이 달려드는 해적을 보고 엄청나게 충격받았지만, 한동안 꼼짝도 하지 않았다. 마치 적이 초대받아서 왔다는 양 가만히 있었다. 이렇게 당당하게 전통을 지킨 다음에야 무기를 쥐고 함성을 내지르며 돌격했다. 하지만 너무 늦었다.

인디언과 해적의 충돌은 전투가 아니라 학살에 가까웠다. 그 장면을 묘사하는 것은 우리가 할 일이 아니다. 그저 피카니니 부족의 꽃다운 전사가 수없이 목숨을 잃었다고만 하겠다. 하지만 인디언이 힘도 못 써 보고 죽은 것은 아니다. 인디언 린 울프는 카리브해 일대를 주름잡던 해적 앨프 메이슨을 쓰러뜨렸다. 해적 조지 스쿠리와 찰스 털리, 알자스 출신 포게티 역시 인디언의 손에 고꾸라졌다. 인디언 팬서는 살벌한 손도끼로 해적 털리를 쓰러뜨린 후, 타이거 릴리를 포함한 얼마 남지 않은 인디언 전사와 함께 해적 떼를 뚫고 피신했다.

이번 전쟁에서 후크의 작전이 얼마나 비난받아야 하는지는 역사학자가 판단할 문제다. 만약 인디언이 공격을 시작하는 순간까지 언덕에서 기다렸다면 후크와 해적 떼는 학살당했을 것이다. 후크를 공정하게 판단하려면 이 사실도 고려해야 한다. 그렇다면 새로운 작전을 쓸 예정이라고 적에게 알려야 하지 않았을까? 하지만 그랬더라면 기습 효과가 없어지므로 새로운 작전은 무용지물이 된다. 그러니 후크의 책임을 따지는 질문 자체가 무의미해질 것이다. 내키지는 않지만, 이처럼 대단한 계획을 고안하고 실행한 후크의 악랄한 천재성만큼은 인정할 수밖에 없다.

승리를 거머쥔 순간, 후크는 어떤 기분이 들었을까? 후크의 충실한 부하도 궁금증이 일었다. 후크의 갈고리에서 적잖이 떨어진 곳에 모인 해적 떼는 거친 숨을 몰아쉬며 단검을 닦으면서 날카로운 눈길로 이 비범한 사내를 흘긋거렸다. 후크의 심장은 터질 듯 부풀어 올랐겠지만, 얼굴에는 아무런 기색도 드러나지 않았다. 음침하고 고독하며 수수께끼 같은 후크는 몸과 마음 모두 부하들과 거리를 두었다.

하지만 그날 밤의 전투는 끝나지 않았다. 후크가 없애려고 작정한 이는 인디언이 아니었다. 인디언은 꿀을 얻기 위해 연기를 피워서 쫓아내야 할 벌이나 다름없었다. 후크가 노리는 이는 피터 팬이었다.

피터 팬과 웬디와 아이들. 그중 특히 피터 팬을 원했다.

어른인 후크가 어린아이일 뿐인 피터를 왜 그렇게 싫어하는지 궁금한 사람도 있을 것이다. 물론 피터가 후크의 팔을 잘라서 악어에게 던져주기는 했다. 또 그 사건 이후로 악어가 끈질기게 쫓아다니는 바람에 후크의 목숨이 위태로워진 것도 사실이다. 하지만 이것만으로는 후크의 복수심이 왜 이토록 끈질기고 악랄한지 이해하기 힘들다.

진실을 말하자면, 피터에게는 이 해적 선장을 미쳐 날뛰게 하는 무언가가 있었다. 피터의 용기도 아니고, 매력적인 외모도 아니고…. 말을 빙빙 돌리지 말고 곧장 털어놓겠다. 우리는 그것이 무엇인지 잘 알며, 사실대로 말해야 하니까. 그것은 '피터의 건방진 태도'였다.

피터의 건방진 태도는 언제나 후크의 신경을 긁었다. 후크의 쇠갈고리가 씰룩씰룩 경련을 일으켰고, 밤이면 벌레에 시달리듯 마음이 괴로웠다. 피터가 살아 있는 한, 후크는 참새가 쪼아대는 철창에 갇힌 사자 신세나 다름없었다.

이제 문제는 어떻게 나무를 타고 아래로 내려가느냐, 아니 어떻게 부하를 아래로 내려보내느냐였다. 후크는 탐욕스러운 눈알을 굴리며 가장 깡마른 부하를 찾았다. 부하들은 불안에 떨며 꼼지락거렸다. 텅 빈 나무 안으로 들어가면 후크가 장대로 마구 쑤셔댈 게 뻔했다.

그때 아이들은 어쩌고 있었을까? 무기가 쨍그랑 부딪치는 소리가 처음 들렸을 때 아이들은 돌상처럼 굳어서 입을 쩍 벌린 채 피터를 향해 두 팔을 뻗어 애원했다. 하지만 이제는 모두 입을 다물고 두 팔도 옆구리로 내려놓았다. 땅 위에서 벌어진 대혼란은 시작할 때만큼이나 갑작스럽게 끝났다. 마치 사나운 돌풍이 휘몰아친 듯했다. 아이들은 이 돌풍이 몰아치며 운명이 결정되었다는 사실을 알았다.

어느 쪽이 이겼을까?

나무 구멍에 대고 열심히 귀를 기울이던 해적 떼는 누가 이겼는지 묻는 아이들의 목소리를 들었다. 이를 어쩌나, 해적은 피터의 대답도 들었다.

"인디언이 이겼다면 북을 둥둥 울릴 거야. 전투에서 이겼다는 신호거든."

마침 스미가 북을 발견하고 그 위에 앉으려던 참이었다.

"녀석들, 다시는 북소리를 듣지 못할 테다." 스미가 웅얼거렸다.

물론 누구도 듣지 못할 만큼 작은 소리였다. 아무 소리도 내지 말라는 엄명이 떨어졌기 때문이다. 놀랍게도 후크는 스미에게 북을 둥둥 울리라고 신호를 보냈다. 스미는 그 명령이 얼마나 지독하고 잔인한지 천천히 깨달았다.

이 모자란 사내가 후크를 그 순간만큼 감탄하며 바라본 적도 없을 것이다.

스미는 북을 두 번 두드리고는 신이 나서 귀를 기울였다.

"북소리야. 인디언이 이겼어!" 피터의 외침이 들렸다.

큰 위험을 눈앞에 둔 아이들이 환호성을 질렀다. 속내가 시커먼 땅 위의 악당에게는 그 소리가 음악처럼 들렸다. 아이들은 곧바로 피터에게 작별 인사를 한 번 더 건넸다. 해적 떼는 인사말을 듣고 당황했지만, 아이들이 곧 나무 위로 올라온다는 생각에 설레서 다른 생각은 모조리 잊어버렸다. 해적은 서로를 바라보며 손을 비비고 히죽거렸다. 후크는 지체 없이, 그리고 소리 없이 명령을 내렸다. 해적이 한 명씩 나무 앞으로 다가갔고, 나머지는 2m 정도 떨어진 곳에서 한 줄로 서서 기다렸다.

# 13

# 요정을 믿나요?

이렇게 무시무시한 장면은 빨리 이야기하고 넘어가는 편이 최선이다. 맨 먼저 나온 아이는 컬리였다. 컬리는 나무에서 나오자마자 체코의 팔에 붙들렸고, 스미와 스타키와 빌 주크스와 누들러의 손을 거쳐 차례대로 던져진 끝에 흑인 해적의 발치에 내동댕이쳐졌다. 아이들 모두 이처럼 가차 없이 나무에서 뽑혀 나왔다. 일부는 짐짝처럼 손에서 손으로 휙휙 던져지기도 했다.

가장 마지막으로 나온 웬디는 다르게 대접받았다. 후크는 빈정대듯이 예의를 갖춰서 모자를 벗어 인사했고, 한쪽 팔을 내밀어 잡게 한 다음 부하들이 아이들에게 재갈을 물리고 있는 곳까지 호위했다. 그 모습에서 어찌나 기품이 흘러넘쳤는지 웬디는 홀딱 반해서 비명을 지르지도 않았다. 웬디도 어린아이일 뿐이었다.

웬디가 잠시 후크의 태도에 마음을 빼앗겼다는 사실을 밝힌 것이 고자질처럼 들릴지도 모르겠다. 하지만 이 일이 예상치 못한 결과를 낳았기

때문에 말하는 것뿐이다. 만약 웬디가 도도하게 후크를 뿌리쳤다면 다른 아이들과 마찬가지로 공중에 던져졌을 것이고, 후크가 아이들이 묶인 곳으로 가지 않았을 것이다. 후크가 그곳에 가지 않았더라면 슬라이틀리의 비밀도 발견하지 못했을 것이고, 비밀을 몰랐더라면 피터의 목숨을 두고 파렴치한 짓을 벌이지도 못했을 것이다.

아이들은 날아서 도망치지 못하도록 무릎이 귀에 닿을 만큼 잔뜩 웅크린 자세로 묶였다. 흑인 해적이 아이들을 묶으려고 밧줄을 똑같이 아홉 등분해서 잘라 놓았다. 슬라이틀리를 묶을 차례가 오기 전까지는 순조로웠다. 그런데 밧줄로 슬라이틀리의 몸통을 두르고 나자, 매듭을 묶을 부분이 남지 않았다. 슬라이틀리는 성가신 짐짝이나 다름없었다. 해적은 길길이 날뛰며 짐꾸러미를 발로 차듯 슬라이틀리에게 발길질했다. 그런데 놀랍게도 후크가 발길질을 멈추라고 분부했다. 악의에 찬 승리감에 후크의 입술이 비틀렸다. 가여운 슬라이틀리를 이쪽으로 묶으려고 하면 저쪽이 툭 튀어나오고, 저쪽으로 묶으려고 하면 이쪽이 툭 튀어나오는 바람에 후크의 부하들이 진땀을 빼지 않았던가.

머리가 비상하게 돌아가는 후크는 슬라이틀리의 내면을 깊이 꿰뚫어 보며 눈에 보이지 않는 원인을 살폈다. 마침내 원하는 바를 찾아낸 후크의 얼굴에 의기양양한 기쁨이 퍼졌다. 후크가 자기 비밀을 간파했다는

사실을 눈치챈 슬라이틀리는 새하얗게 질렸다. 그 비밀이란 무엇일까? 그건 바로 살이 붙어 뚱뚱해진 아이라면 평범한 어른마저 장대로 쑤셔서 밀어 넣어야 하는 나무 속을 자유롭게 오르내릴 수 없다는 사실이었다. 불쌍한 슬라이틀리는 이제 붙잡힌 아이들 중에서 가장 비참해졌다. 피터가 걱정스러워서 공포에 질렸고, 그동안 저지른 짓을 뼈저리게 후회했다. 중독이라도 된 것처럼 더울 때마다 물을 들이킨 슬라이틀리는 뱃살이 잔뜩 붙었고, 나무 속에 맞게 살을 빼는 대신 남몰래 나무를 조금씩 깎아 냈던 것이다.

슬라이틀리의 비밀을 알아낸 후크는 마침내 피터 팬을 손아귀에 넣었다고 생각했다. 하지만 마음속 지하 동굴에 떠오른 음흉한 계략에 관해서는 입도 벙긋하지 않았다. 그저 부하에게 붙잡은 아이들을 배로 옮기라고 지시하고 자기는 혼자 남겠다고 신호를 보냈다.

아이들을 어떻게 배로 옮겨야 할까? 아이들이 웅크린 자세로 밧줄에 묶여 있으므로 언덕에서는 통처럼 굴려서 내려보낼 수 있겠지만, 배까지 가는 길은 대체로 늪지대였다. 하지만 후크의 천재적 기지가 다시 힘을 발휘했다. 후크는 웬디를 위해 지은 작은 집에다 아이들을 실어서 옮기라고 지시했다. 건장한 해적 네 명이 아이들을 던져 넣은 집을 어깨에 짊어졌고, 나머지가 그 뒤를 따라갔다. 이 기묘한 행렬은 소름 끼치는

해적 노래를 부르며 숲을 헤치고 나아갔다. 아이 중 누군가가 울음을 터뜨렸는지는 모르겠다. 울었다고 해도 노랫소리에 파묻혔을 테니까. 하지만 작은 집은 숲속에서 실려 가는 동안 후크에게 저항이라도 하는 듯 가느다란 연기 줄기를 용감하게 피워 올렸다.

후크가 그 연기를 보았으니, 피터에게는 불운한 일이었다. 분노로 가득한 해적의 마음에 혹시 남아 있을지도 모르는 동정심이 마지막 한 방울까지 모조리 말라 버렸기 때문이다.

밤이 빠르게 흐르고 있었다. 홀로 남은 후크는 먼저 슬라이틀리의 나무로 살금살금 다가가서 자기가 들어갈 수 있는지 확인했다. 그런 다음 오랫동안 생각에 잠겼다. 불길한 징조인 모자는 풀밭에 벗어 놓아서 산들바람이 머리카락 사이로 상쾌한 기운을 불어넣었다. 후크의 생각은 음흉했지만, 푸른 눈은 일일초 꽃처럼 부드러웠다. 그는 발아래 세계에서 무슨 소리라도 들리는지 귀를 기울였지만, 땅 아래는 위만큼이나 고요했다. 땅속의 집은 텅 빈 곳에 지나지 않는 것 같았다. 피터는 잠들어 있을까, 아니면 슬라이틀리의 나무 발치에서 단검을 쥔 채 기다리고 있을까?

직접 내려가지 않고서는 알 길이 없었다. 후크는 망토를 벗어서 땅에 살며시 내려놓았고, 피가 맺힐 정도로 입술을 깨물며 나무로 다가섰다.

용감한 사내였지만, 잠시 멈춰 이마에서 촛농처럼 뚝뚝 떨어지는 땀을 훔쳐야 했다. 그런 다음, 소리 없이 미지의 세계로 내려갔다.

후크는 아무 탈 없이 내려가 가만히 서서 가쁜 숨을 가다듬었다. 눈이 어슴푸레한 빛에 익숙해지자, 땅속의 집 안 곳곳에 있는 물건이 눈에 들어왔다. 후크의 탐욕스러운 눈길이 오래도록 찾아 헤매다가 마침내 머문 곳은 커다란 침대였다. 침대에서는 피터가 새근새근 잠자고 있었다.

위에서 어떤 비극이 펼쳐졌는지 꿈에도 모르는 피터는 아이들이 떠나고도 한동안 신나게 피리를 불었다. 홀로 남겨져도 괜찮다는 걸 보여 주려던 쓸쓸한 시도였다. 웬디가 괴로워하길 바라서 약도 먹지 않았고, 웬디를 더욱 괴롭히려고 이불도 덮지 않고 누웠다. 웬디는 한밤중에 쌀쌀해질 수도 있으니 언제나 아이들에게 이불을 덮어 주었다. 하마터면 피터는 울음을 터뜨릴 뻔했지만, 우는 대신 웃으면 웬디의 화를 돋울 수 있겠다는 생각이 들었다. 그래서 거만하게 웃어 젖혔고, 그러다가 잠들었다.

가끔 피터는 꿈을 꾸었다. 다른 아이들의 꿈보다 더 고통스러운 꿈이었다. 꿈속에서 몇 시간 동안 구슬프게 흐느꼈지만, 꿈에서 벗어날 수 없었다. 아마 그 꿈은 피터 팬의 존재라는 수수께끼와 관련 있을 것이다. 피터가 괴로워할 때면 웬디는 침대에서 데리고 나와 무릎 위에 눕혀

놓고 자기만의 방식으로 다정하게 달래 주었다. 피터가 조금 진정되면 아기처럼 보살핌을 받은 걸 부끄러워하지 않도록 완전히 깨기 전에 다시 침대에 눕혔다. 하지만 이번에 피터는 꿈꾸지 않고 곧장 잠에 빠졌다. 한쪽 팔을 침대 밖으로 늘어뜨리고 한쪽 다리는 세운 채였다. 작은 진주알 같은 이가 다 보이도록 벌린 입에는 미처 끝내지 못한 웃음이 여전히 맴돌고 있었다.

그렇게 후크는 무방비 상태의 피터를 발견했다. 후크는 나무 발치에 말없이 서서 방 건너편 적을 바라보았다. 동정심이 그의 시커먼 마음을 흔들어 놓지는 않았을까? 후크는 순전히 사악하기만 한 인간이 아니었다. 꽃을 무척 좋아했고 달콤한 음악을 즐겼다. 솔직히 인정하자면, 눈앞의 천진하고 평화로운 광경이 후크의 마음을 크게 뒤흔들었다. 본성의 선한 면이 힘을 발휘했다면 마지못해 나무 위로 올라갔을 것이다. 하지만 단 한 가지가 문제였다.

피터의 건방진 모습에 후크는 자리를 뜨지 못했다. 입을 헤벌쭉 벌리고 팔을 축 늘어뜨린 채 다리를 세운 모습을 보니 그야말로 건방지기 짝이 없었다. 비위가 거슬리는 모습에 민감한 이라면 두 번 다시 보고 싶지 않을 광경이었다. 후크는 피터를 없애겠다는 결심을 굳혔다.

그가 분노로 폭발해서 백 개의 파편으로 산산조각이 난다면, 그 조각

하나하나가 조금 전의 연민에 아랑곳하지 않고 잠든 피터에게 곧장 달려들었을 것이다.

등불 하나가 어스름한 빛을 드리울 뿐 어두컴컴한 가운데 후크는 홀로 서 있었다. 그러다가 슬며시 한 발을 앞으로 내밀었는데 뭔가가 발에 걸렸다. 슬라이틀리의 나무에 난 문이었다. 문이 나무에 난 구멍보다 작아서 후크는 이제까지 구멍과 문 사이 틈으로 집 안을 살펴보고 있었던 것이다. 문고리를 더듬어 찾던 그는 문고리가 너무 아래에 달려 있어서 손이 닿지 않자 왈칵 화를 냈다. 분노가 치밀어 오르니 피터의 건방진 모습이 더더욱 거슬렸다. 후크는 문을 덜거덕 흔들어 보다가 몸으로 들이받아서 열어젖혔다. 피터가 이런 적에게서 벗어날 수 있을까?

그런데 저게 뭘까? 불꽃이 이글대는 후크의 눈은 손만 뻗으면 닿을 선반 위에 놓인 피터의 약병을 발견했다. 후크는 약병이 무엇인지 곧바로 알아차렸고, 잠든 피터가 자기 손아귀 안이라는 사실을 단숨에 깨달았다.

후크는 산 채로 잡히지 않으려고 늘 독약을 지니고 다녔다. 수중에 들어온 맹독을 직접 섞고 끓여서 만든 노란 액체는 학계에 알려지지 않았지만, 아마 세상에서 가장 치명적일 것이다.

후크는 피터의 컵에 독약을 다섯 방울 떨어뜨렸다. 손이 덜덜 떨렸다.

부끄러워서가 아니라 몹시 기뻐서였다. 독약을 떨어뜨리는 동안 후크는 잠자는 피터를 흘긋거리지 않으려고 했다. 동정심에 마음이 약해질까 봐 걱정한 것이 아니라 그저 약을 엎지르지 않기 위해서였다. 마침내 후크는 흡족한 눈길로 희생양을 오래도록 바라본 다음 꿈틀거리며 힘겹게 나무 위로 올라갔다. 꼭대기에서 나타난 후크는 악의 구덩이에서 솟아난 악령처럼 보였다. 멋들어진 각도로 모자를 비스듬히 쓰고 망토를 두른 후크는 어두운 밤에서 가장 어두운 자기 자신을 숨기려는 듯 망토 끝자락을 앞으로 끌어당겨 잡았다. 그러더니 이상하게도 혼잣말을 웅얼거리며 나무 사이로 사라졌다.

피터는 그대로 잠들어 있었다. 난롯불도 깜박거리다가 꺼졌고, 집은 어둠 속에 잠겼다. 하지만 피터는 깨지 않았다. 악어 뱃속의 시계가 10시를 가리킨 다음에야 잠에서 깨어나 벌떡 일어났다. 나무 문을 조심스럽게 두드리는 나직한 소리 때문이었다.

그 소리는 나지막하고 조심스러웠지만, 적막 속에서 불길하게 들렸다. 피터는 손을 더듬어 단검을 움켜쥐고 입을 열었다.

"누구지?"

오랫동안 대답이 없더니 다시 문 두드리는 소리가 났다.

"누구야?"

역시 답이 없었다.

피터는 온몸이 짜릿했다. 그런 느낌이 무척 좋았다. 피터는 성큼성큼 두 걸음을 걸어 문가에 이르렀다. 슬라이틀리의 나무에 난 문과 달리 피터의 문은 틈 없이 구멍에 꼭 맞아서 그 너머를 들여다볼 수 없었다. 문을 두드린 이도 피터를 볼 수 없었다.

"대답하지 않으면 문을 열지 않을 테다." 피터가 외쳤다.

마침내 문 너머의 방문객이 사랑스럽게 딸랑거리는 방울 같은 목소리로 대답했다.

"문 열어 줘, 피터."

팅커벨이었다. 피터는 다급히 문을 열어 주었다. 잔뜩 흥분해서 날아들어온 팅커벨은 얼굴이 붉게 달아올라 있었고 옷에는 진흙이 덕지덕지 묻어 있었다.

"무슨 일이야?"

"아, 넌 상상도 못 할걸." 팅커벨은 알아맞힐 기회를 세 번 주겠다고 했다.

"그냥 말해!" 피터가 고함을 질렀다. 그러자 팅커벨은 횡설수설하며 웬디와 아이들이 붙잡힌 사연을 이야기했다. 마치 마술사가 입에서 리본을 끝없이 뽑아내는 듯했다.

그러는 동안 피터의 심장이 거세게 쿵쾅거렸다. 웬디가 묶여 있다. 그것도 해적선에. 그 착한 웬디가!

"웬디를 구할 거야." 피터가 무기를 가지러 뛰어가며 소리쳤다. 그때 웬디를 기쁘게 해 줄 수 있는 일이 문득 떠올랐다. 약을 먹어야 했다.

피터의 손이 죽음을 불러올 약에 닿았다.

"안 돼!" 팅커벨이 비명을 질렀다. 팅커벨은 후크가 숲을 바람같이 지나며 중얼거린 말을 다 들었다.

"왜?"

"독이 들었어."

"독? 누가 독을 탔겠어?"

"후크야."

"말도 안 돼. 후크가 여기까지 어떻게 내려와?"

이를 어쩌나, 팅커벨은 앞뒤 사정을 설명할 수 없었다. 슬라이틀리의 나무에 얽힌 어두운 비밀을 몰랐기 때문이다. 하지만 후크의 말에는 의심할 여지가 없었다. 컵에는 분명 독약이 들어 있었다.

"난 잠들지도 않았는걸." 피터가 자신 있게 말했다.

피터는 컵을 들어 올렸다. 이제는 말로 설명할 여유가 없었다. 당장 행동에 나서야 할 때였다.

팅커벨은 번개처럼 움직여서 피터의 입술과 약 사이로 끼어들었고, 한 방울도 남기지 않고 몽땅 마셔 버렸다.

"이런, 팅크. 감히 내 약을 마신 거야?"

팅커벨은 대답하지 않았다. 이미 공중에서 비틀거리고 있었다.

"왜 그러는 거야?" 덜컥 두려움이 밀려온 피터가 소리쳤다.

"독이 들어 있었어, 피터. 이제 난 죽을 거야." 팅커벨이 힘없이 말했다.

"아아, 팅크. 날 구하려고 마신 거야?"

"응."

"대체 왜?"

날개에서 힘이 다 빠진 팅커벨은 대답 대신 피터의 어깨에 내려앉아서 다정하게 턱을 깨물었다.

"바보 멍청이."

이렇게 속삭이고는 자기 방에 비틀비틀 들어가 침대에 누웠다.

피터는 괴로운 마음에 곁에 무릎을 꿇고 앉았다. 피터의 얼굴이 팅커벨의 작은 방 한쪽 벽을 가득 메웠다. 팅커벨의 빛은 점점 흐려졌다. 빛이 사라지면 팅커벨은 죽고 말 것이다. 팅커벨은 피터의 눈물이 좋아서 눈물이 타고 흐르도록 고운 손가락을 내밀며 중얼거렸다.

처음에 피터는 팅커벨의 힘없는 목소리를 알아듣지 못했다.

하지만 귀 기울여 들어 보니, 아이들이 요정의 존재를 믿으면 다시 살아날 수 있다는 말이었다.

피터는 두 팔을 치켜들었다. 집에는 아이들이 없는 데다 지금은 밤이었다. 하지만 피터는 네버랜드를 꿈꾸고 있을 아이들, 여러분 생각보다 더 가까이 있는 아이들 모두에게 말을 걸었다. 잠옷을 입은 아이들, 나무에 매단 바구니 속 벌거벗은 갓난아기 모두에게.

"너희들은 믿니?" 피터가 소리쳤다.

팅커벨은 힘을 짜내어 침대에서 일어나 어떤 운명이 닥쳐올지 귀를 기울였다.

긍정적인 대답을 들은 것 같았지만, 이내 자신이 없어졌다.

"넌 어떻게 생각해?" 팅커벨이 피터에게 물었다.

"너희들이 요정을 믿는다면 손뼉을 쳐 줘. 팅커벨이 죽게 내버려 두지 마." 피터가 외쳤다.

수많은 아이가 손뼉을 쳤다.

치지 않은 아이도 몇 명 있었다.

심지어 야유를 보낸 심술쟁이도 있었다.

돌연 박수 소리가 멈췄다. 수없이 많은 엄마가 대체 무슨 소란인지 알아보려고 아이들 방으로 달려오기라도 한 것 같았다.

하지만 팅커벨은 이미 목숨을 구했다. 먼저 목소리에 힘이 되돌아왔고, 이내 침대에서 튀어나오더니 그 어느 때보다 더 발랄하면서도 거만하게 방 안을 날아다녔다. 요정을 믿은 아이들에게 감사할 생각은 안중에도 없고, 야유를 보낸 아이들을 혼내 주고 싶었다.

"이제 웬디를 구하러 가자."

피터가 옷은 제대로 걸치지도 않고 무기만 챙겨서 나무 위로 올라왔더니 구름 낀 하늘에 달이 둥둥 떠다니고 있었다. 위험천만한 모험에 나설 시간이었다. 날을 마음대로 고를 수만 있다면 모험을 떠나지 않을 날씨였다. 피터는 땅에 가까이 붙어 날면서 수상한 것은 없는지 빠짐없이 확인하고 싶었다. 하지만 변덕스러운 달이 구름 속에 숨었다가 나오기를 반복하며 빛을 드리우는 밤에 낮게 날았다가는 나뭇가지 사이로 그림자가 질질 끌릴 터였다. 그러면 새들이 깨어나 사방을 경계하고 있는 적에게 피터가 움직인다는 사실을 알릴지도 몰랐다.

피터는 네버랜드의 새에게 너무나 괴상한 이름을 붙이는 바람에 새가 몹시 사나워져서 다가가기 어려워진 것이 후회스러웠다.

그렇다면 인디언 방식대로 밀고 나가는 수밖에 없었고, 다행히도 피터는 그런 방식에 능숙했다. 하지만 어느 방향으로 밀고 나가야 할까? 아이들이 배로 잡혀갔는지도 확신할 수 없었다.

땅에 흩뿌려진 눈 때문에 발자국이 모두 지워졌다. 섬에는 쥐 죽은 듯한 적막만이 감돌았다. 얼마 전 벌어진 대학살 때문에 온 세상이 공포에 떨면서 얼어붙은 듯했다.

피터는 숲에 관한 오랜 지식을 타이거 릴리와 팅커벨에게 배워서 아이들에게 조금 가르쳐 주었다. 아이들은 위급한 상황이 닥치더라도 그 지식을 잊지 않았을 것이다. 기회가 생기면 슬라이틀리는 나무껍질에 표시를 남겼을 것이고, 컬리는 씨앗을 떨어뜨렸을 것이고, 웬디는 중요한 곳에 손수건을 두었을 것이다. 이런 표식을 찾으려면 날이 밝아야 했지만 기다릴 수 없었다. 땅 위 세상이 피터를 불러 놓고 아무 도움도 주지 않으려고 했다.

악어만 곁을 지났을 뿐, 어떤 생명체도, 소리도, 움직임도 없었다. 피터는 뜻밖의 죽음이 다음번 나무 뒤에 숨어 있거나, 자기 뒤를 밟고 있을지도 모른다는 사실을 잘 알았다.

"이번에는 후크가 죽든 내가 죽든 끝장을 내겠어."

피터는 이처럼 무시무시한 맹세를 내뱉고 뱀처럼 기어갔다. 그러고는 다시 일어서서 손가락 하나를 입술에 대고 언제라도 단검을 뽑아 들 기세로 달빛이 어른거리는 밤하늘을 쏜살같이 날아갔다. 그 순간, 피터는 더없이 행복했다.

# 14

# 해적선

해적강 어귀 근처의 작은 키즈크리크 만에 가느다랗게 드리워진 녹색 불빛 한 줄기가 물에 낮게 뜬 쌍돛대 범선 졸리 로저호를 비추었다. 졸리 로저호는 날렵하게 생긴 배였지만, 선체 구석구석이 하도 지저분해서 마치 짓이겨진 깃털이 흩뿌려진 땅처럼 흉물스러웠다. 이 해적선은 바다를 떠도는 식인종이나 다름없었고, 누가 눈을 부릅뜨고 보초를 설 필요도 없었다. 살벌한 악명 때문에 감히 덤벼드는 이가 없었기 때문이다.

밤의 장막이 졸리 로저호를 감싸고 있었다. 배에서 무슨 소리가 나든 장막을 뚫고 육지에 이를 수 없었다. 어차피 재봉틀이 윙윙 돌아가는 소리를 빼면 별다른 소리가 나지도 않았다.

재봉틀 앞에는 스미가 앉아 있었다. 언제나 부지런하고 싹싹한 스미이자 누구보다 친근하며 안쓰러운 스미. 스미가 왜 그렇게나 안쓰러운지 모르겠다. 딱하게도 스미 역시 그 이유를 모르기 때문은 아닐까.

아무리 우악스러운 사내라도 스미를 보면 재빨리 눈을 돌릴 수밖에 없었다. 여름날 밤에 스미가 후크의 눈물샘을 자극해서 눈물을 쏟게 만든 적도 한두 번이 아니었다. 하지만 늘 그렇듯 스미는 이런 일을 전혀 의식하지 못했다.

해적 몇 명이 탁한 밤공기 속에서 뱃전 울타리에 기댄 채 술을 들이켜고 있었다. 다른 이들은 술통 옆에 팔다리를 아무렇게나 뻗고 앉아서 주사위와 카드놀이에 열중했다.

작은 집을 어깨에 싣고 오느라 녹초가 된 네 명은 갑판에 엎어졌고, 잠든 와중에도 후크를 피해서 이리저리 노련하게 굴러다녔다. 안 그랬다가는 후크가 지나가다가 별생각 없이 마구 갈고리를 휘두를지도 몰랐다.

후크는 생각에 잠겨 갑판 위를 서성거렸다. 이런, 속을 알 수 없는 사람. 지금은 후크가 승리를 만끽하는 시간이었다. 이제 다시는 피터 팬이 앞길을 방해하지 못할 것이고, 배로 붙잡아 온 다른 아이들은 뱃전 밖으로 걸쳐 놓은 널빤지 위를 걸어서 바닷속으로 들어갈 참이었다. 후크는 바비큐를 굴복시킨 날 이래로 가장 잔인한 업적을 세웠다. 인간은 허영심 덩어리이므로 후크가 승리감에 부풀어서 갑판 위를 건들건들 돌아다닌다고 해도 이상할 것이 없었다.

하지만 후크의 음침한 마음과 보조를 맞추는 걸음걸이에서는 의기양양한 기색이 전혀 느껴지지 않았다. 후크는 깊은 실의에 빠져 있었다.

고요한 밤이면 후크는 배에서 상념에 잠기곤 했다. 지독하게 외로웠기 때문이다. 수수께끼 같은 이 남자는 부하들에게 둘러싸여 있을 때 오히려 가장 외로웠다. 부하는 후크가 어울리기에는 너무나 하찮았다.

사실 후크는 진짜 이름이 아니었다. 지금이라도 그의 정체를 밝힌다면 온 나라에 한바탕 난리가 날 것이다. 이 말 속에 숨은 뜻을 읽은 독자라면 이미 눈치챘겠지만, 그는 내로라하는 명문 사립 학교에 다녔다. 이 학교의 전통은 딱 맞는 옷처럼 후크에게 여전히 달라붙어 있다. 사실, 학교 전통은 대체로 복장과 관련이 깊다. 그래서 요즘도 후크는 적의 배와 전투할 때 입은 옷 그대로 자기 배에 오르는 일을 몰상식하다고 여겼다. 게다가 졸업한 그 학교 특유의 구부정한 자세로 걷는 버릇 역시 버리지 못했다. 하지만 무엇보다도 후크는 올바른 행동거지를 열렬히 떠받들었다.

올바른 행동거지! 아무리 타락했더라도 후크는 올바른 행동거지가 무엇보다 중요하다는 사실을 잘 알았다.

후크의 마음속 깊은 곳에서 녹슨 문이 삐걱거리며 열리더니 잠 못 이루는 밤의 망치질 소리처럼 엄중한 *탕탕탕* 소리가 울려 퍼졌다.

"오늘 올바르게 행동했나?"

이 질문이 끝도 없이 집요하게 들려왔다.

"명성, 명성, 그 반짝이는 싸구려 보석은 내 거야." 후크가 외쳤다.

"뭘 하든 이름만 알리면 전부 올바른 행동인가?"

학교의 *탕탕* 망치 소리가 대꾸했다.

"나는 바비큐가 두려워한 단 한 사람이야. 플린트조차 바비큐를 겁냈다고." 후크가 부르짖었다.

"바비큐와 플린트는 어느 가문 사람이지?" 매서운 응수가 돌아왔다.

마음을 가장 불안하게 뒤흔드는 생각은 따로 있었다. 올바른 행동거지를 의식하는 것 자체가 올바르지 못한 일 아닐까?

이 문제가 후크의 마음을 지독하게 괴롭혔다. 손에 달린 갈고리보다 더 날카로운 마음속 갈고리가 후크를 갈기갈기 찢어 놓았다. 그럴 때면 창백한 얼굴에서 땀이 뚝뚝 떨어지며 더블릿 재킷 소매에 얼룩을 남겼다. 후크는 때때로 소매로 얼굴을 훔쳤지만, 흐르는 땀방울을 막을 수는 없었다.

후크는 제명에 죽지 못할 것 같다는 예감이 들었다. 피터 팬의 무시무시한 맹세가 해적선에도 이른 것 같았다. 우울함에 젖은 후크는 머지않아 때를 놓칠 듯해서 미리 유언이라도 남기고 싶어졌다.

"후크가 야심이 작았다면 좋았을 것을." 후크는 가장 음울한 순간이면 자기 자신을 3인칭으로 불렀다.

"어린아이는 날 사랑하지 않아."

후크가 이런 생각을 품다니 묘했다. 이전에는 이런 생각으로 괴로워한 적이 없었다. 아마 재봉틀 소리 때문일 것이다. 후크는 혼잣말을 중얼거리며 한참 동안 스미를 빤히 바라보았다. 스미는 아이들이 자기를 무서워한다는 확신에 차서 차분하게 옷단을 대는 중이었다.

스미를 무서워한다고! 스미를!

그날 밤 해적선에 끌려온 아이들은 이미 스미에게 푹 빠졌다. 스미는 끔찍한 말을 퍼부으며 아이들을 윽박지르고, 차마 주먹으로 칠 수는 없어서 손바닥으로 때리기도 했다. 하지만 그럴수록 아이들은 스미에게 매달렸다. 마이클은 스미의 안경을 벗겨서 써 보기까지 했다.

아이들이 스미를 좋아한다고 딱한 스미에게 말해 준다면! 후크는 그렇게 말하고 싶어 입이 근질근질했지만, 너무 잔인한 말 같았다. 그 대신 후크는 이 수수께끼를 곰곰이 고민했다. 왜 아이들은 스미가 마음에 들었을까? 후크는 사냥개처럼 이 문제를 물고 늘어졌다. 스미가 호감 가는 사람이라면, 무슨 매력 때문일까? 마음속에 섬뜩한 대답이 불쑥 떠올랐다. '올바른 행동거지 때문에?'

해적선의 갑판장이 저도 모르게 올바르게 행동한다면, 그야말로 가장 올바른 행동이 아닐까?

후크는 명문 이튼칼리지의 토론 클럽에 가입하려면 의식하지 않고도 몸에 밴 올바른 행실을 보여야 한다는 사실을 떠올렸다.

분노가 차오른 후크는 고함을 내지르며 스미의 머리 위로 쇠갈고리를 치켜들었다. 하지만 스미를 찢어발기지는 않았다. 문득 이런 생각이 들었다.

'누가 올바르게 행동한다고 해서 갈고리를 휘두른다면, 그건 무슨 행동이지?'

'나쁜 행동이지!'

비참해진 후크는 기운이 쭉 빠져서 꺾인 꽃처럼 앞으로 풀썩 쓰러졌다.

선장이 잠시 딴생각에 빠졌다고 생각한 부하들은 곧바로 규율을 잊고는 술을 진탕 퍼마시면서 춤을 추었다. 이 소란에 후크는 단박에 정신을 차렸다. 인간적인 나약함은 물벼락을 맞고 씻겨 나간 듯 흔적도 없이 사라졌다.

"입 닫아, 이 얼간이들아. 안 그러면 네놈들한테 닻을 던져 버릴 테다." 후크가 소리 질렀다.

순식간에 소란이 잦아들었다.

"아이들이 날지 못하게 사슬로 묶어 두었나?"

"네."

"그러면 위로 끌고 와."

웬디만 빼고 아이들 모두 짐칸에서 끌려 나와서 후크 앞에 줄 세워졌다. 한동안 후크는 아이들의 존재를 모르는 척했다. 나른하게 기대어 앉은 후크는 상스러운 노랫가락을 귀에 거슬리는 곡조로 흥얼거리며 카드 한 벌을 만지작거렸다. 이따금 시가 불빛이 후크의 얼굴에 붉은빛을 드리우곤 했다.

"자, 악당 녀석들. 오늘 밤 너희 여섯은 널빤지 위를 걸을 거다. 하지만 선실 심부름꾼 자리가 둘 있는데, 누가 할 테냐?" 후크가 기운차게 말했다.

"괜히 후크를 자극하지 마." 웬디가 짐칸에서 이렇게 충고했다. 그래서 투틀스가 얌전하게 앞으로 나왔다. 투틀스는 후크 같은 사람 밑에서 일하고 싶지 않았지만, 그 자리에 없는 사람에게 책임을 덮어씌우는 편이 안전하다는 사실을 본능적으로 깨달았다. 다소 어수룩하기는 해도 투틀스는 엄마가 언제나 보호막이 되어 주려 한다는 걸 알았다. 아이들은 누구나 이 사실을 안다. 그래서 엄마를 무시하면서도 필요할 때마다

이용한다.

투틀스는 조심스럽게 설명했다.

"저, 선장님. 우리 엄마는 제가 해적이 되는 걸 좋아하지 않아요. 너희 엄마는 네가 해적이 되는 걸 좋아하셔, 슬라이틀리?"

투틀스의 눈짓을 본 슬라이틀리는 처량하게 답했다.

"싫어하실 거야." 안타깝고 속이 쓰리다는 말투였다.

"쌍둥이야, 너희 엄마는 너희가 해적이 되는 걸 좋아하셔?"

"싫어하실 거야." 역시 똑똑한 쌍둥이 중 맏이가 대답했다.

"닙스, 너희…."

"입 닥쳐." 후크가 으르렁거렸다. 그러자 이야기하던 아이들은 뒤로 끌려갔다.

"거기, 꼬마." 후크가 존을 가리켰다.

"너는 좀 배짱 있어 보이는데, 해적이 되고 싶었던 적이 한 번도 없었나?"

존은 수학을 공부하다가 해적이 되는 몽상에 빠진 적이 있었다. 게다가 후크가 자기를 지목해서 우쭐해졌다.

"피투성이 손 잭이라고 불리면 좋겠다고 생각한 적 있어요." 존이 소심하게 대답했다.

"그럴싸한 이름이군. 네가 해적이 된다면 그렇게 불러 주지."

"너는 어때, 마이클?" 존이 물었다.

"내가 해적이 되면 뭐라고 부를 거예요?" 마이클이 따지듯 물었다.

"검은 수염 조."

마이클은 그 별명이 마음에 들었다.

"어떻게 생각해, 형?" 마이클은 존이 결정하기를 바랐고, 존은 마이클이 결정하기를 바랐다.

"해적이 되어도 영국 왕의 충성스러운 백성인가요?" 존이 물었다.

그러자 후크가 잇새로 답을 내뱉었다.

"아니, '왕을 타도하자.'라고 맹세해야 한다."

존은 이제까지 그다지 올바르게 행동하지 않았지만, 그 순간 빛을 내뿜었다.

"그러면 안 할래요!" 존은 후크 앞의 술통을 쾅 치며 외쳤다.

"나도 안 할래요!" 마이클도 따라 외쳤다.

"지배하라, 영국이여!" 컬리도 목청을 높였다.

화가 끝까지 치민 해적 떼가 아이들 입을 틀어막았고, 후크가 고함쳤다.

"네놈들 운명이 정해졌다. 놈들 엄마를 데려와. 널빤지도 준비하고."

아직 앳된 아이들은 주크스와 체코가 죽음의 널빤지를 준비하는 모습을 바라보며 새하얗게 질렸다. 하지만 웬디가 끌려 나왔을 때는 용감해 보이려고 애썼다.

웬디가 해적을 얼마나 경멸했는지 말로는 다 할 수 없다. 적어도 남자아이들은 해적이라는 직업에 어느 정도 매력을 느낀다. 하지만 웬디가 해적선에서 본 것이라고는 몇 년이고 청소하지 않아 더러운 모습뿐이었다. 뱃전의 둥근 창은 죄다 때가 덕지덕지 묻어서 '더러운 돼지'라고 쓰지 않고는 못 배길 정도여서 웬디는 이미 여러 군데에 그렇게 썼다. 하지만 아이들이 주위로 몰려들자 당연히 아이들 생각으로 머릿속이 꽉 찼다.

"자, 귀염둥이 아가씨. 네 아이들이 널빤지를 걸어 바다로 빠지는 모습을 보게 될 거야." 후크가 꿀이 떨어지는 목소리로 말했다.

후크는 품위 있는 신사였지만, 이야기하는 데 정신이 팔려서 주름진 옷깃이 더러워졌다. 문득 후크는 웬디가 지저분한 옷깃을 빤히 보고 있다는 사실을 깨달았다. 서둘러 옷깃을 감추려고 했지만, 너무 늦었다.

"아이들을 죽일 건가요?" 웬디의 경멸 어린 눈빛이 어찌나 강렬했는지 후크는 정신이 아득해지는 것 같았다.

"그래." 후크가 으르렁거리고는 득의양양하게 소리쳤다.

"모두 입 다물어. 엄마가 아이들에게 마지막 말을 들려줘야 하니까."

"얘들아, 마지막 말을 남길게. 너희들의 진짜 엄마가 하고 싶은 말이 무엇인지 아니까 그대로 전할게. '우리 아들이 영국 신사답게 죽음을 맞길 바란다.'" 당당한 웬디는 흔들림 없이 말을 이었다.

이 말에 해적조차 경외감을 느꼈다. 투틀스는 흥분해서 소리쳤다.

"엄마가 바라는 대로 할 거야. 너는 어떻게 할 거야, 닙스?"

"엄마가 바라는 대로 할 거야. 너희는 어떻게 할 거야, 쌍둥이야?"

"엄마가 바라는 대로 할 거야. 존, 너는⋯."

하지만 후크가 목소리를 되찾았다.

"저 애를 묶어라." 후크가 소리 질렀다.

웬디를 돛대에 묶은 사람은 스미였다.

"얘, 내 엄마가 되겠다고 약속하면 구해 줄게." 스미가 속삭였다.

아무리 스미라고 해도 그런 약속을 받을 수는 없었다.

"그러느니 차라리 아이가 하나도 없는 게 나아." 웬디가 모질게 대꾸했다.

슬프게도 스미가 웬디를 돛대에 묶는 모습을 본 아이는 아무도 없었다. 아이들 시선은 널빤지에 머물러 있었다. 곧 그 널빤지에서 마지막 몇 걸음을 걸을 것이다.

널빤지 위를 남자답게 걸을 수 있으리라는 희망도 사라졌다. 생각할 여유조차 없어졌기 때문이다. 그저 덜덜 떨며 널빤지를 바라볼 뿐이었다.

후크는 아이들을 보고 이를 악문 채 씩 미소 짓더니 웬디에게 한 걸음 다가갔다. 웬디의 고개를 돌려서 아이들이 한 명씩 널빤지 위를 걷는 모습을 보게 할 작정이었다. 하지만 후크는 웬디가 있는 곳까지 가지 못했다. 듣고 싶었던 웬디의 고통스러운 비명도 듣지 못했다. 그 대신 다른 소리를 들었다.

악어의 배에서 울려 퍼지는 섬뜩한 *째깍째깍* 소리였다.

모두 시계 소리를 들었다. 해적 떼와 아이들, 웬디까지. 즉시 모두가 한 방향으로 고개를 돌렸다. 시계 소리가 들리는 물속이 아니라 후크를 향해서였다. 다들 앞으로 벌어질 일은 단 한 사람, 바로 '후크' 하고만 관련 있다는 걸 알았다. 이제 후크를 제외한 모두가 갑자기 배우에서 관객으로 바뀌었다.

후크에게 일어난 변화는 무시무시했다. 그는 몸의 관절이 모조리 잘린 것처럼 풀썩 무너져 내렸다.

시계 소리가 점점 가까워졌다. 그러자 소름 끼치는 생각이 먼저 도달했다. '악어가 곧 배로 올라올 거야!'

후크의 쇠갈고리조차 꼼짝하지 않고 매달려 있었다. 덤벼드는 적이 노리는 대상은 자기가 아니라는 사실을 아는 것 같았다. 다른 사람이라면 공포에 질린 채 풀썩 쓰러진 그대로 눈을 질끈 감고 누웠을 것이다. 하지만 후크의 비상한 두뇌는 굳지 않았다. 후크는 머리가 지시하는대로 갑판을 기어 소리에서 최대한 멀리 달아났다.

부하들은 후크가 지나가도록 깍듯하게 길을 텄다. 후크는 뱃전 울타리에 이르러서야 입을 뗐다.

"날 숨겨!" 후크가 쉰 목소리로 소리쳤다.

해적 떼는 배 위로 오르는 존재에게서 눈을 돌리고 후크를 둘러쌌다. 그들은 그 녀석과 싸울 마음이 없었다. 녀석은 인간이 어찌할 수 없는 운명이었다.

후크가 부하들에게 둘러싸이자 호기심으로 긴장이 느슨해진 아이들이 악어를 보려고 뱃전으로 달려갔다. 그리고 아이들은 이 밤 중의 밤에서 가장 기이하고 놀라운 광경을 보았다. 아이들을 도우러 온 존재는 악어가 아니었다.

피터 팬이었다!

피터는 의심을 사지 않도록 아이들에게 환호성을 지르지 말라고 신호를 보냈다. 그러고는 계속 째깍거리는 소리를 냈다.

# 15

# 후크가 죽든 내가 죽든 끝장을 내겠어

살다 보면 이상한 일이 벌어지는데도 한참을 모르고 지나칠 때가 있다. 예를 들자면, 정확히 얼마 동안인지 알 수는 없지만 대략 30분 정도 한쪽 귀가 들리지 않았다는 사실을 문득 깨닫는 것이다.

그날 밤 피터 팬이 그랬다. 우리가 마지막으로 보았을 때 피터는 한 손가락을 입술에 대고 언제라도 단검을 뽑을 기세로 섬을 살금살금 가로지르고 있었다. 그때 피터는 악어가 지나가는 모습을 보았다. 딱히 특이한 점은 없었는데, 곧바로 째깍거리는 시계 소리가 들리지 않는다는 사실을 깨달았다. 처음에는 별일이 다 있다고 생각했지만, 곧 시계가 멈추었다는 결론에 이르렀다.

피터는 가장 가까운 벗을 빼앗긴 동물의 기분은 아랑곳하지 않고 어떻게 하면 이 중대한 사건을 잘 써먹을 수 있을까 생각했다. 고민 끝에 피터는 직접 째깍거리는 소리를 내기로 했다. 그러면 사나운 짐승들이 악어인 줄 알고 순순히 길을 터 줄 것이라 믿었다.

그래서 피터는 감쪽같이 시계 소리를 흉내 냈다.

이 일은 예상치 못한 결과를 불러왔다. 이 소리를 듣고 악어가 피터를 따라나선 것이다. 잃어버린 시계를 되찾을 생각이었는지, 아니면 그저 시계가 다시 째깍거린다고 믿는 반가운 마음이었는지는 확실히 알 수 없을 것이다. 고정 관념에 집착하는 노예처럼 악어도 어리석은 짐승일 뿐이기 때문이다.

피터는 별 탈 없이 바닷가에 이르러 곧장 앞으로 나아갔다. 피터의 다리는 새로운 공간으로 들어간다는 사실을 모른다는 듯 물속으로 성큼성큼 들어갔다. 육지와 바다를 오가는 동물은 많지만, 사람 중에 이렇게 움직이는 자는 오로지 피터 팬뿐이다. 피터는 헤엄치며 단 한 가지 생각에만 집중했다.

'후크가 죽든 내가 죽든 끝장을 내겠어.'

그때까지 워낙 오랫동안 째깍거리는 소리를 낸 바람에 이제는 자기도 모르게 소리를 냈다. 자기 입에서 어떤 소리가 나는지 알았더라면 멈췄을 것이다. 기발한 생각이긴 하지만, 시계 소리에 도움을 받아 해적선 갑판에 오르겠다는 꾀는 떠올리지 못했기 때문이다.

오히려 피터는 자기가 쥐처럼 아무런 기척 없이 뱃전에 올랐다고 생각했다.

그래서 악어 소리라도 들은 듯 벌벌 떠는 후크를 해적 떼가 웅크려서 감싸고 있는 광경을 보고 깜짝 놀랐다.

악어!

머릿속에 악어가 떠오르는 순간 *째깍째깍* 소리가 들렸다. 처음에 피터는 그 소리가 악어한테서 나는 줄 알고 재빨리 뒤돌아보았다. 이내 자기가 내는 소리라는 걸 알아차렸고, 눈 깜짝할 새에 상황을 파악했다.

'난 정말 똑똑하다니까.'

이렇게 생각한 피터는 아이들에게 손뼉을 치지 말라고 신호를 보냈다.

그 순간, 조타수 에드 테인트가 선원실에서 갑판으로 나왔다. 피터는 정확하고 깊숙하게 해적 테인트를 찔렀다. 존은 불운한 해적이 죽어 가며 내는 신음이 새어 나가지 않도록 입을 두 손으로 막았다. 해적이 앞으로 고꾸라지자, 시신이 바닥에 부딪히며 쿵 소리가 나지 않도록 아이 네 명이 붙잡았다. 피터의 신호에 맞춰서 아이들이 시신을 배 밖으로 던졌다. 풍덩 소리가 들리더니 이내 조용해졌다. 시간이 얼마나 흘렀을까?

"하나!" 슬라이틀리가 수를 세기 시작했다.

때맞춰서 피터는 까치발을 들고 선실로 사라졌다.

해적 몇 명이 용기를 쥐어짜 주변을 둘러보았다. 이제는 서로의 고통스러운 숨소리만 들렸다. 무시무시한 시계 소리가 사라졌다는 뜻이었다.

"놈이 갔습니다, 선장님. 다시 잠잠해졌어요." 스미가 안경을 문질러 닦으며 말했다.

후크가 옷깃 주름에 파묻었던 고개를 내밀었다. 어찌나 열심히 귀를 기울였던지 시계 소리의 메아리가 들릴 정도였다. 더는 째깍거리는 소리가 들리지 않자, 후크는 몸을 일으켜서 기세 좋게 섰다.

"자, 녀석들이 널빤지를 걸을 시간이다." 후크가 뻔뻔하게 외쳤다. 후크는 자신의 나약한 모습을 보게 된 아이들이 그 어느 때보다 더욱 미웠다. 후크의 입에서 악랄한 노래가 터져 나왔다.


**"어기여차, 어기여차, 널빤지가 날뛴다.**

**네놈이 걸어가면, 널빤지도 저 아래로,**

**네놈도 저 아래로 가서 바다귀신을 만나리!"**


후크는 붙잡힌 아이들을 한층 더 겁주기 위해 체면을 구기면서까지 잔뜩 찌푸린 얼굴로 널빤지 위를 걷는 시늉을 하며 노래하고 춤췄다.

"널빤지를 걷기 전에 고양이 채찍 맛을 볼 테냐?" 노래를 끝낸 후크가 고함쳤다.

그러자 아이들이 털썩 무릎을 꿇으며 말했다.

"싫어요, 그러지 마세요."

아이들 외침이 어찌나 애처로웠던지 해적들이 히죽거렸다.

"주크스, 고양이 채찍 가져 와. 선실에 있어." 후크가 명령했다.

선실이라고!

선실에는 피터가 있는데!

아이들은 서로 눈빛을 주고받았다.

"알겠습니다." 주크스가 태평하게 대답하고는 선실로 성큼성큼 들어 갔다. 아이들의 눈길이 주크스 뒤를 쫓았다. 후크와 부하들이 다시 부르 기 시작한 노랫소리도 귀에 들어오지 않았다.


"어기여차, 어기여차,

**발톱을 휘두르는 고양이 꼬리는 아홉 개라네.**

**꼬리로 네놈 등짝을 후려치면…."**


노래의 마지막 구절이 무엇이었는지는 절대 알지 못할 것이다.

선실에서 끔찍한 비명이 흘러나오는 바람에 노래가 돌연히 끊겼기 때문이다. 비명은 배 전체로 퍼져나갔다가 사그라들었다. 이어서 꼬끼오 소리가 들려왔다. 아이들에게는 익히 아는 소리였지만, 해적 떼에게는 앞의 날카로운 비명보다 더 섬뜩한 소리였다.

"무슨 소리지?" 후크가 소리쳤다.

"둘." 슬라이틀리가 엄숙하게 말했다.

이탈리아 출신 체코가 잠시 머뭇대다가 선실로 뛰어들었다. 그러더니 핼쑥해진 얼굴로 비틀거리며 나왔다.

"빌 주크스는 어떻게 된 거야?" 후크가 체코를 위협하며 사납게 다그쳤다.

"어떻게 됐냐면, 죽었습니다. 칼에 찔렸어요." 체코가 힘없는 목소리로 대답했다.

"빌 주크스가 죽었다고!" 해적 떼가 깜짝 놀라서 아우성쳤다.

"선실이 칠흑처럼 깜깜해요. 그런데 뭔가 무시무시한 게 있어요. 그게 꼬끼오 울었어요." 체코가 횡설수설 말을 뱉었다.

아이들은 환희에 찼고, 해적 떼는 기가 죽었다. 후크는 양쪽의 차이를 놓치지 않았다.

"체코, 다시 가서 그 수탉을 데려와."

후크가 더없이 냉혹한 목소리로 지시했다.

"싫습니다, 못 하겠어요." 누구보다 용감했던 체코는 몸을 움츠리며 외쳤다.

"가겠다고 말한 거겠지, 체코?" 후크가 쇠갈고리 손에 속삭이며 생각에 잠긴 듯 중얼거렸다.

체코는 체념한 듯 두 팔을 번쩍 들어 올리더니 선실로 들어갔다. 이제 아무도 노래하지 않고 귀를 기울였다. 다시 죽음의 비명이 울려 퍼지더니 꼬끼오 소리가 들렸다.

"셋." 오직 슬라이틀리 혼자만 입을 열었다.

후크는 손짓하며 부하들을 조롱했다. "멍청한 녀석이 꼴사납게 가 버렸군."

그러더니 천둥 같은 소리를 내질렀다. "누가 저 수탉을 내게 데려올 테냐?"

"체코가 나올 때까지 기다리죠." 스타키가 으르렁거리듯 말했고, 다른 해적도 큰소리로 맞장구쳤다.

"스타키, 네가 자원한 것 같은데." 후크가 기분 좋다는 듯 다시 나직한 목소리로 대꾸했다.

"아닙니다. 그럴 리가요!" 스타키가 울부짖었다.

"내 쇠갈고리하고는 말이 다르군. 갈고리 비위를 맞춰 주는 게 현명하지 않을까?" 후크가 스타키에게 다가갔다.

"저기에 가느니 목을 매달겠습니다." 스타키가 완강하게 거부했고, 나머지 해적도 또다시 스타키에게 힘을 실어 주었다.

"반란이 일어난 건가? 스타키가 주동자군." 후크가 더없이 쾌활하게 물었다.

"선장님, 자비를 베풀어 주세요." 스타키가 덜덜 떨며 훌쩍였다.

"이 손과 악수를 하지, 스타키." 후크가 쇠갈고리를 내밀었다.

스타키는 주변을 둘러보며 도움을 청했지만, 모두가 눈길을 피했다. 스타키가 뒤로 물러서자 후크가 점점 다가왔다. 후크의 눈에서 이글대는 시뻘건 불꽃이 보였다. 스타키는 절망에 빠져 비명을 내지르며 대포 위로 펄쩍 뛰어오르더니 바다로 몸을 던졌다.

"넷." 슬라이틀리가 말했다.

"자, 반란 이야기를 꺼낸 신사분이 또 있던가?" 후크가 예의 바르게 물었다.

"내가 직접 저 수탉을 잡아 오지." 등불을 꽉 붙잡고 갈고리를 위협적으로 치켜든 후크는 선실로 서둘러 들어갔다.

'다섯.' 슬라이틀리는 이 말을 얼마나 간절하게 기다렸을까.

슬라이틀리는 말할 준비를 하며 입술을 적셨다. 하지만 후크는 등불 없이 비틀거리면서 나왔다.

"뭔가가 불을 껐다." 후크의 목소리가 살짝 떨렸다.

"뭔가라고요!" 멀린스가 후크의 말을 되풀이했다.

"체코는요?" 누들러가 따지듯 물었다.

"주크스처럼 죽었지." 후크가 짧게 대답했다.

후크는 다시 선실로 들어가지 않고 머뭇거렸다. 그 모습에 부하들이 불만을 품었고, 다시 반항의 목소리가 터져 나왔다. 해적이라면 누구나 미신을 믿는다. 쿡슨이 "아무도 모르게 누구 하나가 더 탄 배는 저주받은 거랬어."라며 미신을 외쳤다.

"나도 그런 말 들었어. 그놈은 늘 해적선에 마지막으로 오른대. 그자 한테 꼬리도 있습니까, 선장님?" 멀린스가 웅얼거렸다.

"사람들이 그러는데, 그놈은 배에서 가장 사악한 사람 모습을 하고 나타난다더군." 누군가가 후크를 사납게 노려보며 말했다.

"놈한테 갈고리 손도 있던가요, 선장님?" 쿡슨이 건방지게 물었다.

이내 해적들이 잇달아 고함을 질러댔다.

"이 배는 저주받았어!"

이 광경에 아이들은 신나서 절로 환호성을 터뜨렸다.

포로를 거의 잊고 있던 후크는 휙 돌아서서 아이들을 보더니 표정이 밝아졌다.

"이봐, 좋은 수가 있어. 선실 문을 열고 저 녀석들을 밀어 넣자고. 녀석들더러 목숨 걸고 수탉과 싸우게 하는 거지. 수탉이 죽으면 잘된 일이고, 녀석들이 죽어도 손해 볼 것 없으니까." 후크가 부하들에게 외쳤다.

해적 떼는 마지막으로 후크를 존경하는 눈길로 쳐다보았고, 충실하게 명령에 따랐다. 가지 않으려고 몸부림치는 척하는 아이들을 선실 안으로 밀어 넣고는 문을 닫았다.

"자, 소리를 들어 보지."

후크가 외쳤고, 다 함께 귀를 기울였다. 하지만 감히 선실 문을 쳐다보는 이는 아무도 없었다. 아니, 단 한 명만은 똑바로 선실을 쳐다보았다. 이제까지 내내 돛대에 묶여 있던 웬디였다. 웬디는 아이들의 비명도, 꼬끼오 소리도 기다리지 않았다. 피터가 다시 나타나기만을 기다리고 있었다.

오래 기다릴 필요는 없었다. 피터는 선실에서 찾던 물건을 발견했다. 아이들의 수갑을 풀어 줄 열쇠였다. 이제 아이들은 저마다 잡히는 대로 무기를 찾아서 쥐고 몰래 밖으로 빠져나왔다. 피터는 아이들에게 숨어 있으라고 신호한 뒤 웬디를 묶은 밧줄을 잘라냈다.

모두 함께 날아가기만 하면 됐다. 이보다 더 쉬운 일이 있을까. 하지만 마음에 걸리는 것이 하나 있었다. 바로 '후크가 죽든 내가 죽든 끝장을 내겠어.'라는 맹세였다. 피터는 웬디를 풀어 주며 아이들과 함께 몸을 숨기라고 속삭인 다음, 웬디처럼 보이려고 망토를 두른 채 돛대에 섰다. 그리고 크게 숨을 들이마신 후 꼬끼오 울었다.

해적은 그 소리를 아이들이 선실에서 모조리 죽었다는 뜻으로 이해했다. 공포가 해적 떼를 덮쳤다. 후크가 힘을 북돋으려 애썼지만, 그동안 개처럼 취급받던 부하들은 마치 개처럼 송곳니를 드러내며 반항했다. 후크가 한눈팔았다가는 덤벼들 태세였다.

"이봐, 내가 생각해 봤어. 배에 화를 부르는 요나[1]가 타고 있는 거야."

후크는 필요하면 부하들을 구워삶거나 후려갈길 작정이었지만, 단한 순간도 움츠러들지 않았다.

"그렇죠." 해적 떼가 으르렁댔다. "갈고리 손이 달린 사내겠죠."

"아니, 틀렸어. 저 계집애야. 여자가 해적선에 타면 재수에 옴 붙는다고. 저 애를 없애 버리면 다시 괜찮아질 거야."

몇 명이 플린트도 똑같은 말을 했던 사실을 떠올렸다.

"밑져야 본전이지." 해적들이 의심을 완전히 떨치지 못하고 말했다.

---

[1] 신의 명령을 어기고 달아나다가 폭풍을 만나 큰 물고기의 배 속에서 사흘을 지냈다는 이스라엘 예언자. - 옮긴이 주

"저 계집애를 배 밖으로 던져." 후크가 소리 질렀다. 부하들이 망토를 두른 아이에게 달려갔다.

"아가씨, 이제 구하러 올 사람은 아무도 없어." 멀린스가 조롱하듯 쉭쉭거렸다.

"한 명 있어." 그 아이가 대꾸했다.

"누군데?"

"원수는 반드시 갚는 피터 팬이지!" 무시무시한 대답이 돌아왔다.

그 순간 피터는 망토를 벗어 던졌다.

그제야 해적 떼는 선실에서 동료를 죽인 자가 누구인지 알아차렸다. 후크는 두 번이나 말문을 뗐지만, 두 번 다 막히고 말았다. 피터와 마주한 그 끔찍한 순간에 후크는 자신의 냉혹한 심장이 와르르 무너지는 것 같은 기분을 느꼈다.

마침내 후크의 고함이 터져 나왔다.

"저놈의 심장을 찢어발겨라!" 하지만 목소리에는 자신감이 없었다.

"얘들아, 내려와서 공격해." 피터의 목소리가 울려 퍼졌다.

무기끼리 부딪치는 소리가 배를 가득 메웠다. 해적 떼가 뭉쳐서 싸웠더라면 틀림없이 이겼을 것이다. 하지만 싸움은 해적 떼가 흩어져 있을 때 시작됐다.

해적은 저마다 자기가 마지막 생존자라고 생각해서 이리저리 뛰어다니며 무기를 마구 휘두르기만 했다.

일대일로 붙으면 해적이 더 강했다. 하지만 지금 해적은 상대의 공격을 막는 데만 급급해서 아이들이 두 명씩 짝을 지어 다니면서 목표물을 고를 수 있었다.

해적 몇 명은 바다로 풍덩 뛰어들었다. 다른 몇 명은 어두운 구석에 몸을 숨겼다. 몰래 숨은 해적은 슬라이틀리한테 발각당했다. 슬라이틀리는 무기를 휘두르지 않고 단지 등불을 들고 달려가서 해적의 얼굴에 불빛을 들이댔다. 해적은 불빛에 반쯤 눈이 멀어서 다른 아이들이 휘두르는 피투성이 칼의 손쉬운 먹잇감이 되고 말았다.

배에서는 무기가 쨍그랑 부딪치는 소리, 이따금 터지는 외마디 비명이나 물에 뭔가 빠지는 소리, 슬라이틀리가 변함없는 목소리로 "다섯, 여섯, 일곱, 여덟, 아홉, 열, 열하나" 하며 숫자를 세는 소리만 들렸다.

맹렬하게 날뛰는 아이들이 후크를 둘러쌌을 무렵, 살아남은 해적 부하는 아무도 없었던 것 같다.

하지만 후크는 마치 불사신같이 자신을 둘러싼 불의 고리 속으로 아이들이 접근하지 못하도록 막았다. 해적 떼를 모조리 해치운 아이들이 죄다 달려들어도 상대할 수 있을 듯했다.

후크는 아이들이 거리를 좁히며 다가올 때마다 거리를 벌렸고, 갈고리를 들어 올려서 방패로 삼았다.

그때 막 멀린스를 칼로 꿰뚫어 버린 피터가 싸움에 끼어들었다.

"칼 치워, 얘들아. 이놈은 내 거야."

이렇게 난데없이 후크는 피터와 정면으로 맞붙게 되었다. 나머지 아이들은 뒤로 물러서서 두 사람을 에워쌌다. 두 원수는 오랫동안 서로를 쳐다보았다. 후크는 살짝 몸서리를 쳤고, 피터는 이상야릇한 웃음을 지었다.

"자, 피터 팬." 마침내 후크가 입을 열었다. "이게 전부 네가 벌인 짓이란 말이지."

"그래, 제임스 후크." 가차 없는 대답이 돌아왔다. "전부 내가 벌인 짓이야."

"버릇없고 건방진 애송이. 죽을 준비를 해라."

"음흉하고 사악한 인간. 내가 죽여 주지."

둘은 더는 말을 주고받지 않고 서로에게 달려들었다. 얼마 동안은 전세가 팽팽했다. 피터는 뛰어난 칼잡이였고, 현란한 속도로 후크의 공격을 막아냈다. 이따금 속임수 동작을 한 다음 검을 찔러 넣어서 상대의 방어를 뚫기도 했다.

하지만 팔다리가 짧은 탓에 칼을 깊숙이 찌르지 못했다.

후크는 피터 못지않게 검술이 눈부셨지만, 손목을 민첩하게 놀리지 못해서 무게를 실은 공격으로 상대를 밀어붙였다. 그는 오래전 리우데자네이루에서 바비큐에게 배운 기술이자 가장 좋아하는 공격 방법인 찌르기로 단박에 결투를 끝내려고 했다. 하지만 충격적이게도 번번이 공격이 엇나갔다. 그러다 피터에게 가까이 다가가서 지금까지 허공만 긁어 대던 쇠갈고리로 최후의 일격을 날리려고 했다. 하지만 피터가 갈고리 아래로 몸을 굽히고 사납게 돌진해서 후크의 갈비뼈를 칼로 찔렀다. 후크는 자기 몸에서 흘러나오는 피를 보았다.

여러분도 기억하겠지만, 후크는 색깔이 특이한 자기 피를 보면 극도의 불쾌감을 느낀다. 후크의 손에서 검이 떨어졌고, 이제 후크의 목숨은 피터의 손에 달렸다.

"지금이야!" 아이들이 입을 모아 외쳤다.

하지만 피터는 후크에게 검을 집어 들라고 당당하게 손짓했다. 후크는 곧장 칼을 쥐었지만, 피터가 올바른 행동거지를 보였다는 비참한 생각이 들었다.

이제껏 후크는 악령과 싸우고 있다고 생각했지만, 불길한 의혹이 후크를 덮쳤다.

"피터 팬, 넌 대체 누구이고 무엇이지?" 후크가 쉰 목소리로 소리쳤다.

"나는 어린아이고, 나는 커다란 환희야." 피터가 되는 대로 말했다. "나는 알을 깨고 나온 작은 새야."

물론 얼토당토않은 소리였다. 하지만 처참해진 후크에게 그 말은 피터는 자기가 누구이고 무엇인지 손톱만큼도 모른다는 증거였다. 그리고 이런 태도야말로 올바른 행동의 정점이었다.

"다시 덤벼." 후크는 절망에 빠져 소리 질렀다.

후크는 이제 곡식을 털어 낟알을 깨듯 격렬하게 검을 휘둘렀다. 그 무시무시한 칼이 휘몰아치는 길을 막아서는 사람은 어른이든 아이든 두 동강 날 것 같았다. 하지만 피터는 후크의 칼이 일으킨 바람에 밀려서 사정거리를 벗어난 듯 후크 주변을 훨훨 날아다녔다. 그러고는 번번이 쏜살같이 덤벼들어서 후크를 찔렀다.

후크는 희망이 바닥난 채로 싸웠다. 열정이 타오르던 가슴은 살고 싶은 의지를 모두 버렸다. 하지만 간절한 바람이 하나 있었다. 후크는 가슴이 영영 차갑게 식기 전에 피터가 나쁜 행실을 저지르는 모습을 보고 싶었다.

후크는 싸움을 포기하더니 화약고로 달려가서 불을 붙였다.

"이제 2분 안에 배가 산산조각 날 거다." 후크가 외쳤다.

후크는 드디어 피터 팬의 진정한 본성이 모습을 드러내리라 생각했다. 하지만 피터는 직접 화약고에서 포탄을 꺼내더니 침착하게 배 밖으로 집어 던졌다.

후크는 그동안 어떻게 살아온 걸까? 잘못된 길로 들어섰지만, 결국에는 자기가 속한 명문가의 전통에 충실했으니 후크를 동정하지 말자. 다른 아이들이 후크 주위를 날아다니면서 조롱과 야유를 퍼부었다.

후크는 갑판 위에서 비틀거리며 무력하게 주먹을 휘둘렀지만, 이미 정신은 딴 데 팔려 있었다. 후크는 오래전 학교 운동장에서 구부정한 자세로 움직이던 일이나 품행이 훌륭하다고 칭찬받은 일, 유명한 럭비 경기를 보았던 일을 떠올렸다. 그때는 신발도 올바르게 신었고, 조끼도 올바르게 입었고, 넥타이도 올바르게 맸고, 양말도 올바르게 신었다.

제임스 후크,
순전히 비열하지만은 않았던 인물이여,
안녕히.

후크의 마지막 순간이 다가왔다.

피터가 단검을 찌르려는 자세로 천천히 다가오자, 후크는 바다로 몸을 던지려고 뱃전 울타리 위로 뛰어 올라갔다. 후크는 악어가 자기를 기다리고 있다는 사실을 몰랐다. 우리가 일부러 시계를 멈추어 놓고 악어의 존재를 감추었기 때문이다. 마지막으로 후크에게 사소하게나마 존중심을 보여 주고 싶었다.

후크는 최후의 승리를 하나 거두었다. 그렇다고 배 아파할 필요는 없을 것이다. 후크는 뱃전 울타리에 서 있다가 어깨너머로 피터가 허공을 가르며 날아오는 모습을 보고는 자기를 발로 차라고 몸짓했다. 그러자 피터는 후크를 칼로 찌르는 대신 발로 차 버렸다.

끝내 후크는 그토록 원하던 소원을 이룬 것이다.

"그건 나쁜 행동이야." 후크는 빈정거리며 소리친 후 악어 입속으로 떨어졌다.

그렇게 제임스 후크는 죽었다.

"열일곱." 슬라이틀리가 목청 높여 노래하듯 외쳤다. 하지만 슬라이틀리는 숫자를 잘못 셌다.

그날 밤에 죗값을 치른 해적은 열다섯 명이었고, 두 명은 육지로 살아 돌아갔다. 스타키는 인디언에게 붙잡혀서 아기를 돌보는 보모가 되었다. 해적으로서는 참으로 비참한 몰락이었다.

스미는 안경을 쓴 채 온 세상을 떠돌았고, 자기는 제임스 후크가 두려워한 단 한 사람이라고 떠벌리며 위태롭게 살아갔다.

웬디는 눈을 반짝거리며 피터를 지켜보았을 뿐, 해적과 맞붙은 싸움에 가담하지는 않았다. 하지만 싸움이 모두 끝난 지금은 웬디가 다시 활약할 차례였다. 웬디는 아이들을 골고루 칭찬했고, 마이클이 손수 해적을 죽인 곳을 보여 주자 몸을 떨면서도 기뻐했다. 그런 다음 후크의 선실로 아이들을 데려가서 벽에 못을 박아 걸어 놓은 손목시계를 가리켰다. 시계는 벌써 '새벽 1시 반'을 가리키고 있었다!

이렇게 늦게까지 깨어 있는 일이 무엇보다도 커다란 모험이었다.

여러분도 짐작했겠지만, 웬디는 잽싸게 아이들을 해적의 이층 침대로 데려가서 재웠다. 하지만 피터는 혼자서 으스대며 갑판을 왔다 갔다 돌아다니다가 마침내 대포 옆에서 잠들었다. 그날 밤 피터는 늘 꾸던 꿈을 꾸며 오래도록 울었고, 웬디는 피터를 꼭 안아 주었다.

# 16

# 집으로 돌아오다

다음 날 아침에 종이 두 번 울렸을 때 아이들은 모두 바삐 움직이고 있었다. 거대한 파도가 밀려오고 있었기 때문이다. 갑판장이 된 투틀스는 밧줄로 만든 채찍을 한 손에 들고 담배를 씹고 있었다. 다들 무릎 아래를 자른 해적의 옷을 걸치고 깔끔하게 면도했으며, 어엿한 뱃사람답게 소매를 걷어붙이고 바짓단을 추어올리며 갑판 위를 급히 오갔다.

누가 선장이었는지는 말할 필요도 없을 것이다. 닙스는 일등 항해사, 존은 이등 항해사였다. 여성도 한 명 배에 타고 있었다. 나머지 아이들은 일반 선원이어서 배 앞부분의 선원실에서 지냈다.

항해하는 동안 선장 피터는 키 앞에서 떠날 줄을 몰랐다. 호루라기를 불어서 선원을 모두 모아 놓고 짧게 연설까지 했다. 아이들이 용감한 뱃사람이 되어서 임무를 다하기를 바란다고 당부했다. 또 다들 리우데자네이루와 골드코스트의 불한당이라는 사실을 잘 알고 있으므로 함부로 선장에게 덤벼들었다가는 살점이 찢겨 나가도록 채찍 맞을 줄 알라고

경고했다. 이 허풍 섞인 협박은 뱃사람이라면 이해할 만한 어떤 감수성을 자극했다. 아이들은 기운차게 환호성을 내질렀다. 선장은 빈틈없이 명령을 몇 가지 더 내렸고, 선원들은 뱃머리를 돌려서 영국 본토로 나아갔다.

피터 팬 선장은 해도를 참고해서 이런 날씨가 이어진다면 6월 21일쯤에 아조레스 제도에 닿으리라고 계산했다. 그러면 날아가는 시간을 줄일 수 있었다.

아이 중 일부는 배를 범죄와 상관없는 평범한 배로 바꾸고 싶어 했고, 다른 일부는 해적선인 채로 두려고 했다. 하지만 선장이 선원을 하도 모질게 다루는 탓에 감히 의견을 내비치거나 탄원서조차 쓸 수 없었다. 명령에 즉시 복종하는 것만이 살길이었다. 슬라이틀리는 수심을 재라는 명령에 당황해서 굼뜨게 굴었다가 매를 열두 대나 맞았다.

아이들은 피터가 웬디의 의심을 가라앉히려고 민간 선박처럼 배를 몰고 있을 뿐, 새 옷을 입으면 달라지리라고 생각했다. 웬디는 마지못해 후크의 가장 흉측한 옷으로 피터의 옷을 짓고 있었다. 나중에 아이들 사이에서 소문이 돌았는데, 피터가 새로운 옷을 입은 첫날 밤에 후크의 파이프를 입에 문 채 선실에 오래 앉아 있었다고 한다. 게다가 한 손은 집게손가락만 빼고 주먹을 꽉 쥐었는데, 집게손가락을 꼭 쇠갈고리처럼

구부리고 험악하게 치켜들었다고 한다.

배는 그만 지켜보고, 우리의 세 주인공이 오래전에 매정하게 떠난 쓸쓸한 집으로 돌아가자. 그동안 내내 14번지를 잊고 있었다니 부끄러운 일이다. 하지만 달링 부인이 우리를 탓하지는 않을 것 같다. 우리가 달링 가족의 집으로 더 빨리 돌아가서 슬픔과 연민이 어린 눈길로 달링 부인을 바라봤다면, 아마 부인은 이렇게 외쳤을 것이다.

"허튼 일은 말아요. 왜 날 보고 있는 거예요? 얼른 돌아가서 우리 아이들이나 잘 지켜봐 줘요."

엄마들이 이렇게 행동하는 한, 아이들은 엄마의 마음을 이용하면서 엄마의 약점을 노릴 것이다.

이제 조심스럽게 아이들 침실로 들어가 보자. 드디어 방의 주인이 돌아오고 있으니 괜찮을 것 같다. 그저 먼저 서둘러 가서 아이들 침대가 보송보송한지, 달링 부부가 저녁에 외출하지는 않았는지 살펴보려는 것뿐이다. 우리는 아이들을 돌봐야 하는 사람이니까. 그런데 부모님께 감사할 줄 모르고 급히 떠나 버린 아이들의 침대를 보송보송하게 말려 줘야 할까? 아이들이 돌아왔는데 부모님이 시골로 주말 나들이를 가셔서 집에 아무도 없어야 마땅하지 않을까? 그동안 이 세 주인공을 쭉 지켜봤는데 아무래도 도덕적 교훈이 필요해 보인다.

474 · 475

하지만 결말이 이런 식으로 흘러가도록 일을 꾸민다면 달링 부인이 우리를 절대로 용서하지 않을 것이다.

지금 나는 입이 근질거려서 참을 수가 없다. 작가들이 소설에서 그러 듯이, 아이들이 지금 집으로 돌아오고 있으며 다음 목요일에 확실히 도착할 예정이라고 달링 부인에게 알려 주고 싶다. 하지만 그랬다가는 부모님을 놀라게 하려고 기대 중인 웬디와 존과 마이클의 계획을 완전히 망치고 말 것이다.

아이들은 벌써 배에서 계획을 짜 놓았다. 엄마가 기뻐서 펄쩍펄쩍 뛰고, 아빠가 반가워서 소리치고, 나나가 가장 먼저 안겠다고 달려들게 하려면 귀환 소식을 잘 숨겨야 했다. 소식을 미리 알려서 계획을 망친다면 얼마나 고소할까? 그래서 아이들이 위풍당당하게 집에 들어섰는데 달링 부인은 웬디에게 입을 맞추지도 않고, 달링 씨는 퉁명스럽게 "이런, 녀석들이 돌아왔잖아."라고 투덜대면 어떨까?

하지만 이랬다가는 소식을 미리 알려줘도 고맙다는 인사를 못 들을 것이다. 이제는 달링 부인이 어떤 사람인지 잘 아니까. 부인은 우리가 아이들의 작은 기쁨을 빼앗았다고 호되게 나무랄 것이 분명하다.

"하지만 부인, 다음 목요일까지는 열흘이나 남았어요. 우리가 미리 알려 드리면 마음고생할 시간도 열흘이나 줄어들잖아요."

"그렇죠. 하지만 대가가 너무 큰걸요! 아이들에게서 즐거움을 10분이나 빼앗아야 하잖아요."

"아, 부인이 그렇게 생각하신다면 어쩔 수 없죠."

"달리 어떻게 생각할 수 있겠어요?"

보다시피 달링 부인은 제정신이 아니다. 이제까지 부인에 관해 대단히 좋은 점만 이야기했지만, 이제는 부인이 밉다. 좋은 점은 단 하나도 말하지 않으련다. 사실, 달링 부인에게 아이들이 돌아오니 맞이할 준비를 하라고 굳이 말할 필요도 없다. 침대는 이미 바람을 쐬어 보송보송하다. 달링 부인은 한시도 집을 비우지 않고 열린 창문을 지켜본다. 우리가 달링 부인을 도울 일은 없으니, 배로 돌아가는 편이 나을 테다. 하지만 이왕 달링 가족의 집에 온 김에 조금 더 머물면서 지켜봐도 좋겠다. 지켜보는 일은 우리 구경꾼의 몫이니까. 이제 우리를 원하는 이는 아무도 없다. 잠자코 지켜보자.

아이들 침실에 생긴 유일한 변화는 아침 9시부터 저녁 6시까지 개집이 사라진다는 것이다. 세 남매가 날아가 버리자, 달링 씨는 전부 나나를 사슬로 묶어 놓은 자기 책임이며 처음부터 끝까지 나나가 더 현명했다는 사실을 뼈저리게 느꼈다.

우리가 지금까지 보았듯이 달링 씨는 꽤 순박한 사람이었다.

사실, 머리가 벗어지지만 않았다면 소년처럼 보일지도 몰랐다. 하지만 숭고한 정의감과 옳다고 믿는 일을 밀어붙이는 사자 같은 용기가 있었다. 아이들이 날아간 후 이 사건에 관해 온 마음을 쏟아 고민한 달링 씨는 스스로 네발로 기어서 개집 안으로 들어갔다. 아무리 달링 부인이 밖으로 나오라고 간곡하게 부탁해도 슬픔을 참고 단호하게 대답했다.

"안 돼요, 여보. 내가 있을 곳은 여기예요."

쓰라리게 후회한 달링 씨는 아이들이 돌아올 때까지 개집에서 나가지 않겠다고 맹세했다. 물론 안쓰러운 일이다. 하지만 달링 씨는 무슨 일을 하든 지나치게 열성을 쏟았다. 저녁에 개집에 들어가 앉아서 아내와 함께 아이들의 사랑스러운 모습을 이야기할 때면 한때 콧대 높았던 조지 달링은 더없이 겸손해 보였다.

나나는 달링 씨의 존중에 마음이 뭉클해졌다. 달링 씨는 나나가 개집으로 들어가지 못하게 막았지만, 다른 일은 전부 나나의 뜻을 무조건 따랐다.

달링 씨는 아침마다 개집을 들고 마차에 타서 출근했고, 저녁 6시가 되면 같은 방법으로 집에 돌아왔다. 달링 씨가 이웃의 시선에 얼마나 민감하게 굴었는지를 떠올린다면, 그가 정말로 심지가 굳은 사람이라는 사실을 알 수 있을 테다.

달링 씨의 행동 하나하나에 놀라운 관심이 쏟아졌다. 속으로는 무척 괴로웠겠지만, 달링 씨는 꼬마들이 그의 작은 집을 놀려댈 때조차 겉으로 내색하지 않았다. 더욱이 숙녀가 개집 안을 들여다볼 때면 늘 정중하게 모자를 들어 올려 인사했다.

터무니없지만, 감명 깊은 행동이었다. 얼마 지나지 않아서 달링 씨의 속사정이 알려지자, 수많은 사람이 크게 감동했다. 북적북적 모인 사람들은 달링 씨가 탄 마차를 따라오면서 힘차게 환호했고, 아리따운 소녀들은 개집 위로 올라와서 사인을 받아 갔다. 권위 있는 신문에 달링 씨의 인터뷰 기사가 실렸고, 상류층에서 달링 씨를 저녁 식사에 초대했다. 초대장에는 이런 말이 적혀 있었다.

'개집 안에 들어간 채로 와 주십시오.'

아이들이 돌아올 그 중요한 목요일, 달링 부인은 아이들 침실에서 슬픔이 가득한 눈으로 남편의 퇴근을 기다렸다. 이제 부인을 자세히 뜯어보니, 지난날의 명랑한 모습이 마음속에 떠오른다. 하지만 아이들을 잃은 뒤로는 명랑함을 모두 잃었다. 결국 나는 부인의 나쁜 점을 들추어서 헐뜯지 못할 것 같다. 아무리 고약한 아이들이라도 자식을 지극히 사랑하는 마음은 어쩔 수 없지 않은가.

의자에 앉아서 잠든 부인을 살펴보자.

가장 먼저 눈길을 끌어당기는 입꼬리는 시들어서 말라 버릴 지경이다. 가슴에 통증이라도 있는지 손이 가슴팍에서 쉼 없이 움직인다. 이 책에서 피터 팬을 가장 좋아하는 사람도 있고 웬디를 가장 좋아하는 사람도 있지만, 나는 달링 부인이 가장 좋다. 잠든 부인에게 버르장머리 없는 녀석들이 지금 돌아오고 있다고 속삭이면 부인이 행복해지지 않을까? 아이들은 창밖 3km도 채 떨어지지 않은 곳에서 힘차게 날아오고 있다. 그냥 아이들이 오는 중이라고만 속삭여도 될 테다. 그래, 그렇게 하자.

아, 귀뜸하지 말걸. 달링 부인이 깜짝 놀라서 깨어나 아이들 이름을 불렀는데 방에는 나나 말고 아무도 없었다.

"나나, 아이들이 돌아오는 꿈을 꿨어."

눈물이 나나의 눈앞을 가렸다. 하지만 달링 부인의 무릎에 앞발을 살며시 올려놓는 것 말고는 할 수 있는 일이 없었다. 달링 부인과 나나가 함께 앉아 있는데 개집이 돌아왔다. 달링 씨는 부인에게 입맞춤하려고 머리를 개집 밖으로 내밀었다. 얼굴이 예전보다 훨씬 더 늙어 보였지만, 표정은 부드러워졌다.

달링 씨는 리자에게 모자를 건넸고, 리자는 경멸하는 얼굴로 받았다. 상상력이 전혀 없는 리자는 달링 씨가 개집에 들어가서 지내는 이유를

전혀 이해할 수 없었다. 집 밖에서는 마차를 함께 타고 온 사람들이 모여서 여전히 응원하고 있었고, 당연히 달링 씨는 감동했다.

"저 소리 좀 들어보렴. 참 흐뭇해지는구나." 달링 씨가 말했다.

"어린애들이잖아요." 리자가 코웃음 쳤다.

"오늘은 어른도 몇 명 있었어." 달링 씨는 얼굴을 살짝 붉히며 장담했다. 하지만 리자가 고개를 홱 돌려도 나무라지 않았다. 달링 씨는 이름을 널리 알렸지만 거만해지지 않았다. 오히려 더 온화해졌다. 한동안 개집에 앉아 몸을 반쯤 내밀고 부인과 이 명성에 관해 대화를 나누었고, 부인이 유명해졌더라도 변하지 않았으면 좋겠다고 말하자 손을 꼭 잡고 안심시켰다.

"내가 줏대가 없었다면 어땠겠어요!"

"여보, 당신 진심으로 뉘우치고 있죠, 그렇죠?" 부인이 조심스럽게 물었다.

"뼈저리게 뉘우치고 있어요, 여보! 지금도 벌을 받고 있잖소. 개집에서 살면서요."

"이건 벌이 맞죠, 여보? 즐기고 있는 게 아니죠?"

"여보!"

여러분이 짐작했다시피 달링 부인은 남편에게 용서를 빌었다.

마침 나른하게 졸렸던 달링 씨는 개집에서 몸을 둥그렇게 웅크렸다.

"자장가 좀 연주해 줄래요? 아이들 놀이방 피아노로 연주해 줘요." 달링 씨가 부탁했다.

부인이 놀이방으로 가려는데 달링 씨가 무심코 덧붙였다. "저 창문 좀 닫아 줘요. 외풍이 드는 것 같아요."

"어머, 여보, 다시는 그런 부탁하지 말아요. 애들이 들어올 수 있게 창문은 항상 열어 둬야 해요. 항상, 항상이요."

이번에는 달링 씨가 부인에게 용서를 빌었다. 부인은 아이들 놀이방으로 가서 피아노를 쳤고, 이내 달링 씨는 잠에 빠졌다. 달링 씨가 자는 동안 웬디와 존과 마이클이 방으로 날아들어 왔다.

아, 이런. 세 남매가 아니다. 우리가 배를 떠날 때만 해도 세 아이가 멋진 계획을 짰는데, 뭔가 일이 생긴 게 분명하다. 창문으로 날아들어 온 사람은 세 남매가 아니라 피터 팬과 팅커벨이기 때문이다.

피터의 첫 마디를 들어보니 사정을 알겠다.

"서둘러, 팅크." 피터가 속삭였다.

"창문 닫고 걸쇠를 걸어. 됐다. 이제 우리는 문으로 나가자. 웬디가 오면 엄마가 창문을 잠가서 자기를 내쫓았다고 생각할 거야. 그러면 나랑 돌아갈 수밖에 없지."

이제야 수수께끼가 풀린다. 피터가 해적을 무찌르고 난 후 팅커벨에게 길잡이를 맡겨 놓고 네버랜드로 돌아가지 않은 이유를 알겠다. 내내 이럴 작정이었던 것이다.

피터는 나쁜 짓을 저질렀다고 뉘우치기는커녕 신나게 춤췄다. 그러고는 누가 피아노를 연주하는지 보려고 놀이방을 몰래 들여다보았다.

"이 분은 웬디의 엄마야. 아름답지만 우리 엄마만큼은 아니네. 웬디네 엄마의 입에도 골무가 가득하지만, 우리 엄마만큼은 아니야." 피터가 팅커벨에게 소곤거렸다.

물론 피터는 자기 엄마에 관해 아무것도 몰랐지만, 가끔은 이렇게 허풍을 늘어놓았다.

피터는 달링 부인이 연주하는 곡이 〈즐거운 나의 집〉이라는 사실은 몰랐지만, 노래의 의미는 이해했다. "돌아오렴, 웬디, 웬디, 웬디."

피터는 승리감에 도취해서 소리쳤다. "아주머니, 다시는 웬디를 보지 못할 거예요. 창문을 닫아 놨거든요."

연주가 뚝 멈추는 바람에 피터는 다시 방 안을 엿보았다. 피아노에 머리를 기댄 달링 부인의 눈가에 눈물 두 방울이 맺혀 있었다.

'내가 창문을 열어 두기를 바라는 거야. 하지만 안 할 거야, 싫어.'

피터는 다시 방을 들여다보았다. 눈물은 여전히 달링 부인의 눈가에

있었다. 새로운 눈물이 맺힌 것일지도 몰랐다.

"웬디를 끔찍이 사랑하는구나." 피터가 혼잣말했다. 왜 웬디를 되찾을 수 없는지 이해하지 못하는 달링 부인에게 화가 났다.

그 이유는 아주 단순했다. '나도 웬디를 좋아한다고요. 우리 둘 다 웬디를 가질 수는 없잖아요.'

하지만 달링 부인은 그 사실을 받아들이지 않을 것이고, 피터는 괴로워졌다. 달링 부인에게서 시선을 돌려도 달링 부인은 피터를 놓아주지 않았다. 피터는 폴짝폴짝 뛰면서 우스꽝스러운 표정도 지어 봤지만, 동작을 멈추자마자 달링 부인이 마음속으로 들어와서 문을 두드리는 기분이었다.

"아, 그래, 알겠다고." 결국 피터는 침을 꿀떡 삼켰다. 그러고는 창문의 걸쇠를 풀었다. "팅크, 가자." 피터는 엄마와 자식 사이라는 자연의 법칙을 비웃으며 외쳤다. "시시한 엄마 같은 건 필요 없어."

그렇게 웬디와 존과 마이클은 활짝 열린 창문을 보았다. 물론 아이들에게는 과분한 일이었다. 남매는 뻔뻔하게 방바닥으로 내려왔다. 막내인 마이클은 자기 집인 줄도 몰라봤다.

"형, 나 예전에 여기 온 적 있는 것 같아." 마이클이 미심쩍은 얼굴로 주변을 둘러봤다.

"당연하지, 바보야. 저기 네 침대도 있잖아."

"그렇네." 마이클이 대답했지만, 자신 없는 목소리였다.

"저기 봐, 개집이야!" 존이 개집 안을 살펴보려고 달려갔다.

"나나가 안에 있을 거야." 웬디가 말했다.

하지만 존은 휘파람을 불었다. "이런, 안에 아저씨가 있는데."

"아빠잖아!" 웬디가 소리쳤다.

"나도 아빠를 볼래." 마이클이 열심히 애원하더니 개집 안을 꼼꼼하게 살펴보았다.

"내가 죽인 해적보다도 덩치가 작네." 마이클이 어찌나 솔직하게 실망감을 드러냈던지, 달링 씨가 잠들어 있어 참 다행이었다. 막내에게서 이런 말을 가장 먼저 들었다면 얼마나 섭섭했을까.

웬디와 존은 아빠가 개집 안에 들어가 있어서 당황했다.

"분명히 아빠는 개집에서 자지 않았잖아?" 존이 자기 기억을 믿지 못하겠다는 듯 말했다.

"존, 우리가 예전 생활을 생각보다 많이 잊어버렸나 봐." 웬디가 더듬거렸다.

오싹한 두려움이 아이들을 덮쳤다. 얼마나 고소한지.

"엄마는 대체 뭐 하는 거야? 우리가 왔는데 어디에 간 거야."

존이 말했다.

그때 달링 부인이 다시 피아노를 치기 시작했다.

"엄마다!" 웬디가 놀이방을 들여다보며 외쳤다.

"정말이야!" 존이 말했다.

"그러면 누나는 진짜 우리 엄마가 아닌 거지?" 졸린 게 분명한 마이클이 물었다.

"세상에!" 웬디가 소리쳤다. 처음으로 양심이 쿡쿡 쑤셨다. "우리가 너무 오래 떠나 있었나 봐."

"몰래 들어가서 손으로 엄마 눈을 가리자." 존이 제안했다.

하지만 웬디는 이 기쁜 소식을 더 친절하게 알려야 한다고 생각해서 더 나은 계획을 떠올렸다.

"우리 모두 침대에 누워서 엄마가 올 때까지 기다리자. 애초에 침대에서 나가지 않았던 것처럼 말이야."

그래서 달링 부인이 남편을 보러 아이들 침실로 돌아왔을 때 세 남매의 침대가 모두 차 있었다. 아이들은 엄마가 기뻐서 소리 지르기를 기다렸지만, 달링 부인은 아무런 반응이 없었다. 부인은 아이들을 보았지만, 진짜가 아니라고 생각했다. 아이들이 침대에 누운 모습을 꿈속에서 하도 자주 본 탓에 이번에도 꿈이라고 생각했다.

부인은 지난날 아이들을 돌보던 자리인 난롯가 의자에 앉았다.

아이들은 엄마의 반응을 이해할 수 없었고, 심장이 철렁 떨어졌다.

"엄마!" 웬디가 외쳤다.

"저 애는 웬디네." 달링 부인은 여전히 꿈속이라고 믿었다.

"엄마!"

"쟤는 존이고."

"엄마!" 이제 마이클은 엄마를 알아보았다.

"쟤는 마이클이야." 달링 부인은 다시는 품에 안지 못할 이기적인 세 아이를 향해 팔을 뻗었다. 그런데 아이들이 부인의 품으로 들어오는 게 아닌가. 웬디와 존과 마이클이 침대에서 스르르 빠져나오더니 부인에게 달려왔다.

"여보, 여보!" 말문이 터진 달링 부인이 소리 질렀다. 그 소리에 달링 씨가 잠에서 깨어나서 더없는 행복의 순간을 함께 누렸고, 나나도 서둘러 달려왔다. 이보다 더 감격스러운 광경은 없을 것이다.

이 장면을 지켜본 사람은 창가에서 방 안을 빤히 쳐다보고 있던 낯선 소년 한 명뿐이었다. 피터 팬은 다른 아이들은 결코 알지 못할 황홀한 기쁨을 수도 없이 겪었다. 하지만 창문 너머에서 펼쳐지는 그 행복만큼은 영원히 누리지 못할 것이다.

# 17

# 웬디가 어른이 되었을 때

여러분은 나머지 아이들이 어떻게 되었는지 궁금하지 않은가?

아이들은 웬디가 엄마 아빠에게 설명할 시간을 주려고 아래에서 기다렸고, 500까지 숫자를 센 다음 위로 올라갔다. 창문으로 날아드는 대신 계단으로 올라갔는데, 그러면 더 좋은 인상을 심어 줄 수 있다고 생각했다. 다들 지금 해적 옷차림이 아니면 좋았을 거라고 아쉬워하며 모자를 벗고 달링 부인 앞에 한 줄로 섰다. 아무 말도 하지 않았지만, 눈으로는 자기를 받아 달라고 부탁했다. 달링 씨에게도 그런 눈빛을 보내야 했지만, 달링 씨는 까맣게 잊고 있었다.

물론 달링 부인은 아이들을 받아들이겠다고 곧바로 말했다. 그런데 달링 씨는 어쩐지 이상하게 의기소침했다. 아이들은 달링 씨가 여섯 명을 적잖이 부담스러워한다고 생각했다.

"분명히 말해야겠구나. 일은 확실하게 처리해야 한단다." 달링 씨가 웬디에게 말했다.

쌍둥이는 이 말을 달링 씨가 아이들을 내켜하지 않는다는 뜻으로 받아들였다.

자존심이 강한 쌍둥이 맏이가 얼굴을 붉히며 나섰다.

"저희가 너무 곤란하신가요? 그러면 저희는 돌아갈게요."

"아빠!" 웬디가 충격받아서 외쳤다. 하지만 달링 씨의 얼굴에는 여전히 먹구름이 잔뜩 끼어 있었다. 달링 씨는 어른스럽지 않은 태도라는 사실을 잘 알았지만, 어쩔 수 없었다.

"우리는 웅크려서 자면 돼요." 닙스가 말했다.

"쟤들 머리는 늘 제가 깎을게요." 웬디가 거들었다.

"여보!" 달링 부인은 사랑하는 남편이 못나게 구는 모습을 보고 마음이 아파서 소리쳤다.

그러자 달링 씨가 눈물을 터뜨렸고, 진실이 밝혀졌다. 달링 씨도 아내와 마찬가지로 아이들을 받아들이게 되어 기뻤지만, 아이들이 자기에게는 허락을 구하지 않아서 속상했다. 자기 집에서 별 볼 일 없는 사람처럼 취급받은 기분이었다.

"아저씨가 별 볼 일 없는 사람이라고 생각하지 않아요." 투틀스가 곧바로 외쳤다. "너는 아저씨가 별 볼 일 없는 사람이라고 생각하니, 컬리?"

"아니. 너는 아저씨가 별 볼 일 없는 사람이라고 생각하니, 슬라이틀리?"

"전혀. 쌍둥이 너희는 어때?"

아무도 달링 씨를 별 볼 일 없는 사람으로 생각하지 않는다는 사실이 밝혀졌다. 달링 씨는 굉장히 흡족해졌고, 응접실에 아이들이 다 들어간다면 새로운 방으로 꾸며 주겠다고 말했다.

"우리는 다 들어갈 거예요." 아이들이 안심시켰다.

"그러면 이 대장을 따라오렴. 우리 집에 응접실이 있다고 하기는 어렵지만, 있는 척하자. 그게 그거니까. 만세!" 달링 씨가 유쾌하게 외쳤다.

달링 씨는 춤을 추며 응접실을 찾아 집 안을 돌아다녔고, 아이들도 다 함께 "만세!"라고 외치고 춤추며 뒤따랐다. 정말로 응접실을 찾았는지 아닌지는 기억이 나지 않는다. 어쨌거나 아이들은 집 안 구석구석에 아늑하게 자리 잡았다.

피터 팬에 관해서도 말해 보자. 피터는 떠나기 전에 웬디를 한 번 더 보았다. 정확히 말해서 창문으로 다가오지는 않았지만, 웬디가 원한다면 창문을 열어서 자기를 부를 수 있게 창문을 스쳐 지나갔다. 웬디는 정말로 피터를 불렀다.

"이봐, 웬디, 잘 지내."

"이런, 정말 가는 거야?"

"응."

"우리 부모님께 뭔가 할 말은 없니?"

"없어."

"나에 관해서도?"

"없어."

그때 웬디를 유심히 지켜보고 있던 달링 부인이 창가로 왔다. 부인은 피터에게 나머지 아이를 모두 받아들였고 피터도 입양하고 싶다고 말했다.

"날 학교에 보낼 거예요?" 피터가 교활한 꾀를 내서 물었다.

"그럼."

"학교를 마치면 회사에도요?"

"아마 그럴 테지."

"내가 곧 어른이 될까요?"

"금방 어른이 될 거야."

"난 학교에 가기도 싫고 재미없는 걸 배우기도 싫어요." 피터가 열을 올렸다. "어른이 되기 싫어요, 아주머니. 아침에 일어났는데 수염이 나 있으면 어떡해요!"

"피터, 수염이 난 네 모습도 멋질 거야." 웬디가 피터를 달랬다.

달링 부인도 두 팔을 뻗었지만, 피터는 뿌리쳤다.

"가까이 오지 마세요. 아무도 날 붙잡아서 어른으로 만들지 못해요."

"그러면 어디서 지낼 거니?"

"웬디를 위해 지은 집에 팅커벨이랑 살래요. 요정들이 나무 꼭대기에 집을 올려 줄 거예요. 요정은 밤에 나무에서 잠을 자거든요."

"정말 멋지겠다." 웬디가 부럽다는 듯 소리치자, 달링 부인이 웬디를 더 꼭 붙들었다.

"요정은 모두 죽은 줄 알았는데." 달링 부인이 말했다.

"어린 요정은 늘 많아요." 이제 요정이라면 모르는 것이 거의 없는 웬디가 설명했다.

"갓 태어난 아기가 처음으로 웃으면 새로운 요정이 태어나거든요. 새로운 아기가 자꾸 태어나니까 새로운 요정도 자꾸 생겨나는 거예요. 요정은 나무 꼭대기 둥지에서 살아요. 연한 자주색 요정은 남자애고, 하얀 요정은 여자애예요. 파란 요정은 좀 멍청해서 자기가 누군지 잘 몰라요."

"나는 엄청나게 재미있게 지낼 거야." 피터가 웬디에게 눈길을 주며 말했다.

"저녁에 혼자 난롯가에 앉아 있으면 외로울 텐데." 웬디가 대꾸했다.

"팅크가 있잖아."

"팅크는 한 사람 몫에서 20분의 1만큼도 못 할 거야." 웬디는 톡 쏘아붙이듯 받아쳤다.

"이 더러운 고자질쟁이!" 팅커벨이 구석 어딘가에서 소리 질렀다.

"괜찮아." 피터가 말했다.

"피터, 안 괜찮은 거 알잖아."

"그럼 나랑 같이 작은 집으로 가자."

"가도 돼요, 엄마?"

"절대 안 돼. 이제 집에 돌아왔으니 다시는 널 보내지 않을 거야."

"하지만 피터에게는 엄마가 꼭 필요해요."

"나도 네가 꼭 필요하단다, 아가."

"아, 됐어." 피터는 그저 예의를 차리느라 제안했다는 양 말했다. 하지만 달링 부인은 피터의 입이 씰룩거리는 걸 보고 너그럽게 제안했다. 웬디가 해마다 한 번씩 일주일 동안 피터의 집에 가서 봄맞이 청소를 하도록 보내 주겠다는 것이다. 언제든지 피터의 집에 갈 수 있다고 허락했다면 웬디가 더 좋아했을 것이다. 게다가 봄이 오려면 한참 남은 것 같았다.

하지만 피터는 다시 쾌활해졌다. 시간 감각도 없는 데다, 이제까지 내가 말한 모험은 극히 일부에 지나지 않을 만큼 수도 없이 신나는 모험을 즐겼기 때문이다. 웬디는 이런 사실을 잘 아는지 다소 구슬프게 마지막 인사를 건넸다.

"봄맞이 청소 때가 오기 전까지 날 잊지 않을 거지?"

물론, 피터는 잊지 않겠다고 약속한 다음 날아갔다. 떠날 때 달링 부인의 키스도 가지고 가 버렸다. 아무도 갖지 못한 그 키스를 피터 팬은 수월하게 가져갔다. 신기한 일이다. 하지만 달링 부인은 흡족한 듯했다.

나머지 아이들은 당연히 학교에 갔다. 대부분은 3반에 들어갔지만, 슬라이틀리는 먼저 4반에 갔다가 다시 5반으로 옮겼다. 가장 우수한 반은 1반이다. 아이들은 학교에 다니기 시작한 지 일주일도 채 지나지 않아서 왜 네버랜드에 남지 않았을까 하며 땅을 치고 후회했다. 하지만 이미 너무 늦었고, 이내 여러분이나 나나 어린 젠킨스처럼 평범하게 지내는 데 적응했다.

슬픈 일이기는 하지만, 날아다니는 능력도 점점 잃어갔다. 처음에는 밤에 날아가지 않도록 나나가 아이들 발을 침대 기둥에 묶어 놓았다. 낮에는 아이들이 버스에서 떨어지는 척 장난치기도 했다. 하지만 날이 갈수록 아이들은 침대에 묶인 발을 당기지 않았고, 버스에서 떨어졌다가

다친다는 사실도 깨달았다. 바람에 날려 가는 모자를 쫓아서 날 수도 없게 되었다. 아이들은 연습이 부족해서라고 둘러댔지만, 사실 날아다니는 능력을 더는 믿지 않았다.

마이클은 놀림받으면서도 날아다니는 능력을 더 오래 믿었다. 그래서 네버랜드를 떠나고 1년이 지나 피터가 웬디를 데리러 왔을 때 마이클도 네버랜드로 따라갔다. 웬디는 네버랜드에서 나뭇잎과 열매를 엮어서 만든 원피스를 입고 피터와 함께 날았다. 옷이 작아졌다는 걸 피터가 눈치채지 못하기를 바랐는데, 피터는 자기 이야기를 하는 데에만 정신이 팔려있었다.

웬디는 피터와 예전 일을 신나게 이야기할 생각으로 마음이 부풀었다. 그런데 피터의 마음에는 새로운 모험이 옛 모험을 밀어내고 와글거렸다.

"후크 선장이 누군데?" 웬디가 가장 무시무시했던 적수에 관해서 이야기를 꺼내도 피터는 궁금하다는 듯 되물었다.

"네가 후크를 죽이고 우리 모두를 구했는데 기억이 안 나?" 웬디는 소스라치게 놀랐다.

"난 죽이고 나면 다 잊어버려." 피터는 무심하게 대답했다.

게다가 웬디가 팅커벨이 자기를 반갑게 맞이해 주면 좋겠다고 가망

없는 소망을 말하자, 피터는 또 반문했다. "팅커벨이 누구야?"

"맙소사, 피터." 웬디는 충격에 빠졌다. 팅커벨이 누구인지 설명해도 피터는 기억하지 못했다.

"그런 요정이 얼마나 많은데. 아마 죽었을 거야."

피터의 말이 맞을 것이다. 요정은 오래 살지 못한다. 하지만 몸집이 너무나 작아서 짧은 시간이라도 길게 느껴질 것이다.

웬디는 피터에게 작년 한 해가 어제 하루나 다름없다는 사실을 알고 마음이 아팠다. 웬디는 한 해가 지나가기를 기다리는 시간이 너무나 길게 느껴졌다. 하지만 피터는 여느 때처럼 매력적이었고, 아이들은 나무 꼭대기의 작은 집에서 즐겁게 봄맞이 청소를 마쳤다.

이듬해, 피터는 웬디를 데리러 오지 않았다. 웬디는 너무 작아진 예전 원피스 대신 새 옷을 입고 기다렸지만, 피터는 끝내 오지 않았다.

"아픈가 봐." 마이클이 말했다.

"걔는 절대 아프지 않잖아."

마이클이 더 가까이 다가와서 몸을 오들오들 떨며 속삭였다.

"누나, 피터는 세상에 없을지도 몰라!" 마이클이 먼저 울음을 터뜨리지 않았다면 웬디가 울었을 것이다.

피터는 그다음 봄맞이 청소 때에 나타났다.

신기하게도 피터는 한 해를 건너뛰었다는 사실을 전혀 몰랐다.

소녀 웬디가 피터를 본 것은 그때가 마지막이었다. 웬디는 피터를 위해서 조금 더 성장통을 미뤄 보려고 애썼다. 학교에서 일반 상식 대회에 나가 상을 탔을 때는 피터를 배신한 것처럼 느끼기도 했다. 하지만 무심한 피터는 몇 년이 지나도록 웬디를 데리러 오지 않았다.

마침내 두 사람이 다시 만났을 때, 웬디는 결혼한 상태였다. 이제 웬디에게 피터는 장난감 상자에 내려앉은 먼지에 지나지 않았다. 웬디는 어른이 된 것이다. 여러분이 웬디를 안타까워할 필요는 없다. 웬디가 스스로 어른이 되기를 바랐으니까. 결국 웬디는 자기 의지로, 그것도 다른 소녀보다 하루 먼저 어른이 되었다.

그때쯤에는 나머지 아이들도 모두 자라서 어른이 되었다. 그러니 아이들에 관해서 더 이야기할 필요는 없을 것이다. 어느 날 여러분은 쌍둥이와 닙스와 컬리가 작은 가방과 우산을 하나씩 들고 사무실에 출근하는 모습을 볼지도 모른다. 마이클은 열차 기관사가 되었다. 슬라이틀리는 귀족 작위가 있는 아가씨와 결혼해서 신분이 높아졌다. 저기 가발을 쓰고 철문 밖으로 나오는 판사가 보이는지? 저 사람이 바로 투틀스다. 자기 아이들에게 들려줄 재미있는 이야기 한 편도 모르는 수염 난 저 아저씨는 존이다.

웬디는 분홍색 리본을 두른 하얀 드레스를 입고 결혼했다. 결혼식을 올리는 교회에 피터가 날아와서 결혼을 반대한다고 소리치지 않은 것이 신기하다.

다시 세월이 흘렀고, 웬디에게는 딸이 생겼다. 이건 평범한 잉크 대신 황금색 잉크로 써야 할 만큼 대단한 사건이다.

딸의 이름은 제인이었고, 세상에 태어난 순간부터 묻고 싶은 것이 넘친다는 듯 언제나 호기심 가득한 표정이었다. 제인은 말할 수 있는 나이가 되자, 온통 피터 팬에 관해서 물었다. 딸아이가 피터 팬 이야기를 무척 좋아하는지라 웬디는 그 유명한 비행이 펼쳐진 방에서 기억나는 대로 빠짐없이 들려주었다.

웬디와 존과 마이클의 침실은 이제 제인의 방이 되었다. 제인의 아빠가 3% 이자로 달링 씨에게서 14번지 집을 사들였기 때문이다. 달링 씨는 나이가 들어서 계단을 오르내리기가 힘에 부쳤다. 달링 부인은 이미 세상을 떠나 기억에서 사라졌다.

이제 아이의 침실에는 제인과 보모의 침대 두 개뿐이었다. 나나 역시 이 세상에 없기 때문에 개집은 치웠다. 나나는 나이가 들어서 죽었다. 몹시 늙고부터는 아이를 돌볼 줄 아는 이가 오로지 자기뿐이라고 굳게 믿은 탓에 함께 지내기가 어려웠다.

제인의 보모는 일주일에 한 번씩 저녁에 쉬었고, 그런 날에는 웬디가 제인을 재웠다. 그때가 이야기를 들려주는 시간이었다. 제인은 이불을 머리끝까지 끌어당겨서 텐트를 만들고 칠흑 같은 어둠 속에서 엄마와 누워 속삭였다.

　"지금 뭐가 보여요?"

　"오늘 밤에는 아무것도 안 보이는걸." 웬디는 나나가 있었더라면 더는 떠들지 못하게 혼냈으리라고 생각하며 대답했다.

　"아니에요, 보이잖아요. 엄마가 어렸을 때를 보고 있잖아요."

　"아주 오래전이란다, 아가. 아, 세월이 참 빠르구나!"

　"엄마가 어렸을 때 날았던 것처럼 세월도 빠르게 날아요?" 아이가 답변을 유도하듯 교묘하게 물었다.

　"내가 날았던 것처럼? 제인, 가끔은 내가 정말로 날기는 했는지 궁금해진단다."

　"엄마는 날았잖아요."

　"날 수 있었던 시절이 있었지!"

　"지금은 왜 못 날아요, 엄마?"

　"어른이 되었잖니. 어른이 되면 나는 법을 잊어버린단다."

　"왜 잊는데요?"

"어른은 명랑하지도, 순수하지도, 이기적이지도 않으니까. 명랑하고 순수하고 이기적인 사람만 날 수 있어."

"명랑하고 순수하고 이기적인 게 뭐예요? 나도 명랑하고 순수하고 이기적이면 좋겠어요."

웬디는 무언가를 본 것만 같다.

"바로 이 방이었던 것 같구나."

"맞아요, 그럴 거예요. 계속 이야기해 주세요."

두 사람은 피터가 그림자를 찾아서 날아온 날 밤의 대단한 모험 속으로 빠져든다.

"그 멍청한 애는 비누로 그림자를 붙이려고 했어. 잘 안되니까 울음을 터뜨렸지. 그 소리에 내가 잠에서 깨서 그림자를 꿰매어 줬단다."

"중간에 조금 빠뜨렸어요." 이제는 엄마보다 이야기를 더 잘 아는 제인이 끼어든다.

"피터가 바닥에 앉아서 엉엉 우는데 엄마가 말을 걸었잖아요."

"침대에 앉아서 말했지. '얘, 왜 울고 있니?'라고."

"맞아요, 그랬어요." 제인이 크게 숨을 들이마시고 내쉬면서 말했다.

"그러고 나서 피터가 우리를 네버랜드로 데려갔어. 요정, 해적, 인디언, 인어의 호수, 땅속의 집, 그리고 작은 집을 보았단다."

"맞아요! 엄마는 뭐가 제일 좋았어요?"

"땅속의 집이 가장 좋았지."

"나도요. 피터가 엄마한테 마지막으로 한 말은 뭐였어요?"

"'언제나 날 기다려 줘. 어느 날 밤에 내가 꼬끼오 하고 우는 소리를 듣게 될 거야.'라고 했어."

"맞아요."

"아아, 이를 어쩌니. 그 애는 나를 새까맣게 잊었단다." 웬디가 싱긋 미소 지으며 말했다. 웬디는 이제 아무렇지 않을 만큼 어른이 되어 있었다.

"피터는 어떻게 꼬끼오 하고 울어요?" 어느 저녁에 제인이 물었다.

"이렇게 들린단다." 웬디가 피터의 꼬끼오 소리를 흉내 냈다.

"틀렸어요, 그런 소리가 아니에요. 이렇게 들린다고요." 제인은 훨씬 더 그럴듯하게 흉내 냈다.

웬디는 살짝 놀랐다. "아가, 네가 어떻게 아니?"

"잠잘 때 가끔 들었어요."

"그렇구나, 수많은 여자애가 꿈속에서 꼬끼오 소리를 듣지. 하지만 깨어 있을 때 그 소리를 들은 여자애는 엄마뿐이야."

"엄마는 운이 좋네요."

그러던 어느 날, 비극이 찾아왔다. 계절이 봄으로 바뀌던 때였고, 제인은 엄마의 이야기를 다 듣고 침대에서 자고 있었다. 방 안에 다른 불빛이 없던 터라 웬디는 난롯가 바로 앞 바닥에 앉아서 바느질했다. 그때 꼬끼오 소리가 들렸다. 예전처럼 창문이 활짝 열리더니 피터가 방바닥으로 내려왔다.

피터는 예전 모습 그대로였다. 웬디는 피터의 젖니가 여전하다는 것도 단박에 알아보았다.

피터는 어린아이였고, 웬디는 어른이었다. 웬디는 감히 움직이지도 못하고 죄책감을 느끼며 무력하게 난롯가에서 웅크렸다.

"안녕, 웬디?"

머릿속이 온통 자기 자신뿐인 피터는 무엇이 달라졌는지도 모르고 인사했다. 어쩌면 흐릿한 불빛 속에서 보이는 웬디의 하얀 원피스가 맨처음 만났을 때 입은 잠옷으로 보였을 테다.

"반가워, 피터."

웬디는 몸을 최대한 작게 움츠리고 힘없이 대답했다. 웬디의 내면에서 무언가가 소리치고 있었다. '어른아, 날 놓아줘.'

"그래, 존은 어디에 있어?" 침대가 하나 모자란다는 사실을 문득 깨달은 피터가 물었다.

"이제 존은 여기에 없어." 웬디는 숨이 턱 막혀서 대답하기가 어려웠다.

"마이클은 자고 있어?" 피터는 무심하게 제인을 흘끔 보고는 물었다.

"그래." 웬디가 대답했다. 그러자 피터뿐만 아니라 딸에게도 솔직하지 못하다는 죄책감이 밀려왔다.

"저 애는 마이클이 아니야." 웬디는 거짓말했다는 비난이 떨어지지 않도록 서둘러 고쳐 말했다.

피터가 침대를 바라보았다. "이런, 새로운 아이야?"

"응."

"남자애야, 여자애야?"

"여자애야."

이쯤 하면 피터도 상황을 이해할 만도 하지만, 전혀 그렇지 않았다.

"피터, 나랑 같이 날아가려고 왔니?" 웬디가 머뭇거리며 말을 이었다.

"당연하지. 그래서 온 거야." 피터가 엄격한 말투로 덧붙였다. "지금이 봄맞이 청소 때라는 걸 잊어버렸어?"

그동안 피터가 봄맞이 청소 때를 수두룩하게 잊었다는 사실을 지적해 봤자 소용없을 터였다.

"난 갈 수 없어." 웬디가 미안하다는 투로 말했다. "나는 법을 잊었어."

"금방 다시 가르쳐 줄게."

"아, 피터. 요정 가루를 낭비하지 마."

웬디가 일어섰다. 그러자 피터의 마음속에 두려움이 밀려들었다.

"어떻게 된 거야?" 피터가 덜덜 떨며 외쳤다.

"네가 날 똑똑히 볼 수 있도록 불을 켤게."

그 순간, 피터는 살면서 처음으로 공포에 질렸다.

"불 켜지 마." 피터가 소리쳤다.

웬디는 손을 뻗어 슬픔에 잠긴 아이의 머리카락을 쓰다듬었다. 이제 웬디는 피터 팬 때문에 가슴 아파하는 소녀가 아니라, 미소로 넘길 줄 아는 어른이었다. 하지만 웬디의 미소에는 눈물이 어려 있었다.

결국 웬디는 불을 켰다. 웬디를 본 피터는 비명을 내질렀다. 키가 크고 아름다운 여인이 몸을 굽혀 자기를 안아 올리려고 하자 피터는 다급히 뒤로 물러섰다.

"왜 이렇게 된 거야?" 피터가 다시 소리쳤다.

피터에게 진실을 알려 줘야 했다.

"나는 나이를 먹었어. 스무 살하고도 한참 더 먹었지. 오래전에 어른이 되었어."

"어른이 되지 않겠다고 약속했잖아!"

"어쩔 수 없었어. 난 결혼도 했어, 피터."

"아니야, 거짓말이야."

"사실이야. 저기 침대에 누운 여자애는 내 딸이야."

"아니야, 그럴 리 없어."

하지만 피터는 웬디의 말이 사실이라고 생각했다. 피터는 단검을 치켜들고 잠든 아이를 향해 한 걸음 다가갔다. 당연히 아이를 찌르지는 않았다. 그 대신 바닥에 주저앉아서 흐느꼈다. 웬디는 피터를 어떻게 달래야 할지 몰랐다. 이전에는 너무도 쉬운 일이었는데. 다 자란 어른이 된 웬디는 머릿속을 정리하려고 방을 뛰쳐나갔다.

피터는 울음을 멈추지 않았고, 이내 그 소리에 제인이 잠에서 깼다. 제인은 침대에 일어나 앉아서 피터에게 호기심을 보였다.

"얘, 왜 울고 있니?" 제인이 말을 걸었다.

피터는 일어나서 허리를 숙여 인사했다. 그러자 제인도 침대에서 허리를 숙여 답인사했다.

"안녕." 피터가 말을 건넸다.

"안녕." 제인도 답했다.

"나는 피터 팬이야."

"그래, 나도 알아."

"엄마를 데리러 왔어." 피터가 설명했다. "엄마랑 같이 네버랜드로 가려고."

"응, 나도 알아. 널 기다리고 있었어."

웬디가 힘없이 방으로 돌아왔는데, 피터가 침대 기둥에 앉아 힘차게 꼬끼오 소리를 지르고 있었고 제인이 잠옷 차림으로 황홀경에 빠져 방 안을 날아다니고 있었다.

"제인은 내 엄마야." 피터가 설명했다. 그러자 제인이 공중에서 내려와 피터 곁에 섰다. 숙녀가 피터 팬을 지긋이 바라볼 때 짓는 표정이자 피터 팬이 좋아하는 그 표정이 제인의 얼굴에도 떠올라 있었다.

"피터한테는 엄마가 필요해요." 제인이 말했다.

"그래, 나도 안단다." 웬디가 다소 쓸쓸하게 인정했다. "나만큼 그걸 잘 아는 사람도 없을 거야."

"잘 있어." 피터가 웬디에게 인사하고는 공중으로 날아올랐다. 철없는 제인도 함께 하늘로 솟구쳤다. 이미 날아다니는 것이 걷기보다 쉬워졌다.

웬디는 허둥지둥 창가로 달려갔다.

"안 돼, 안 돼." 웬디가 울부짖었다.

"봄맞이 청소만 하러 가는 거예요." 제인이 말했다.

"나보고 매년 청소를 도와 달래요."

"나도 함께 갈 수 있다면 얼마나 좋겠니." 웬디가 한숨을 지었다.

"엄마는 못 날잖아요."

웬디는 당연히 두 사람이 함께 날아가도록 내버려 두었다. 우리가 마지막으로 웬디를 흘긋 보았을 때, 웬디는 창가에 서서 멀어지는 피터와 제인이 밤하늘의 별처럼 작아질 때까지 지켜보고 있었다.

지금 웬디를 보면 머리가 하얗게 세고 몸집도 다시 작게 줄어들어 있다. 지금까지 한 이야기는 모두 오래전에 일어났기 때문이다. 이제는 제인도 평범한 어른이 되어서 마거릿이라는 딸을 두었다. 해마다 봄맞이 청소 시간이 돌아오면 피터는 깜빡 잊을 때를 제외하고는 마거릿을 찾아와서 네버랜드로 함께 떠난다. 네버랜드에서 피터는 마거릿이 들려주는 자기 자신의 이야기에 열심히 귀를 기울인다. 마거릿이 자라서 어른이 되면 딸이 생길 테고, 그 딸이 또 피터의 새로운 엄마가 될 것이다. 언제까지나 이런 관계가 이어질 것이다. 아이들이 명랑하고 순수하고 이기적인 한. ★

따라 쓰는 즐거움 02

# 피터 팬 필사집

| | | |
|---|---|---|
| 초 판 발 행 일 | 2025년 05월 15일 |
| 발 행 인 | 박영일 |
| 책 임 편 집 | 이해욱 |
| 저 자 | 제임스 매튜 배리 |
| 옮 긴 이 | 성소희 |
| 편 집 진 행 | 황규빈 |
| 표 지 디 자 인 | 김도연 |
| 내 지 디 자 인 | 김세연 |
| 발 행 처 | 시대인 |
| 공 급 처 | (주)시대고시기획 |
| 출 판 등 록 | 제 10-1521호 |
| 주 소 | 서울시 마포구 큰우물로 75 [도화동 538 성지 B/D] 9F |
| 전 화 | 1600-3600 |
| 홈 페 이 지 | www.sdedu.co.kr |

| | |
|---|---|
| I S B N | 979-11-383-9071-2 [03840] |
| 정 가 | 23,000원 |

시대인은 종합교육그룹 (주)시대고시기획 · 시대교육의 단행본 브랜드입니다.